3個問號偵探團 12

魔法師的陰謀

文 晤爾伏・布朗克
圖 阿力
譯 姬健梅

企劃緣起

現在，開始讀少兒偵探小說吧！

親子天下閱讀頻道總監／張淑瓊

閱讀也要均衡一下

爲什麼要讀偵探小說呢？偵探小說是一種非常特別的寫作類型，臺灣這幾年奇幻文學大發燒，類似的故事滿坑滿谷；除了奇幻故事之外，童話或是寫實故事也是創作和閱讀的大宗。偵探和冒險類型的小說相對而言就小眾多了。不過，偵探小說在全世界可是佔有很大的出版比例，光是看這兩年一波波福爾摩斯熱潮，從出版、電視影集到電影，就知道偵探小說的魅力有多大了。

但在少兒閱讀的領域中，我們還是習慣讀寫實小說或奇幻文學爲主，畢竟考試當前，升學掛帥，能撥出時間讀點課外讀物就挺難得了，在閱讀題材的選擇上，通常就會以市

面上出版量大的、得獎的、有名的讀物爲主。殊不知，偵探故事是少兒最適合閱讀的類型，因爲它不只是一種文學，更是兼顧閱讀和多元能力養成的超優選素材。

成長能力一次到位

偵探小說是一種綜合多元的閱讀類型。好的偵探故事結合了故事應該有的精采結構、主角們在不疑之處有疑的好奇心和合理的懷疑態度，還有持續追蹤線索過程中的耐心與熱情，解答問題過程中資料的蒐集解讀、推理判斷能力的訓練，遇到難處或危險時需要的勇氣和冒險精神、機智和靈巧，還有和同伴一起團隊合作的學習，和面對彼此性格態度不同時的衝突調解和忍耐體諒。這些全部匯集在偵探小說的閱讀中，厲害吧！

閱讀偵探故事，可以讓孩子在潛移默化中培養好奇心、觀察力、推理邏輯訓練、資料蒐集能力、團隊合作的精神、人際互動的態度……等等。這麼優質的閱讀素材，怎麼能在孩子的閱讀書單中缺席呢！這就是爲什麼我們一直希望能出版一套給少兒讀的偵探小說系列。

閱讀大國的偵探啓蒙書

去年我們在法蘭克福書展撈寶，鎖定了這套德國暢銷三百五十萬冊、全球售出多國版權的【三個問號偵探團】系列。我們發現臺灣已經有了法國的「亞森羅蘋」、英國的「福爾摩斯」，還有我們出版的瑞典的「大偵探卡萊」，現在我們找到以自律、嚴謹聞名的閱讀大國德國所出版的「三個問號偵探團」，我們希望讓臺灣的讀者們也可以和所有的德國孩子一樣享讀這套「偵探啓蒙書」。跟著三個問號偵探團一樣，隨時準備好所有行動需要的工具，體會「空氣中突然充滿了冒險味道」的滋味，像他們一樣自信的說：「解開疑問就是我們的專長」。我們希望孩子們在安全眞實的閱讀環境中，冒險、推理、偵探、解謎！

推薦文

好文本×好讀者＝享受閱讀思考的樂趣

臺灣讀寫教學研究學會理事長／陳欣希

偵探故事是我最愛的文類之一。此類書籍能帶來「閱讀懸疑情節」和「與書中偵探較勁」的樂趣，但，能否感受到這兩種樂趣會因「文本」和「讀者」而異。以認知心理學的角度來看，「令人感興趣」即表示「大腦注意到並能理解」；容易被大腦注意到的訊息有兩種：新奇和矛盾，讀者愈能主動比對正在閱讀的訊息與過往知識經驗的異同，愈能將文字敘述轉爲具體畫面並拼出完整圖像，就愈能享受閱讀思考的樂趣。但，正邁向成熟的小讀者，仍在培養這種自動化思考的能力，於是，文本的影響力就更大了。

了解前述原理，再來看看【三個問號偵探團】，就不難理解這系列書籍能讓人一口氣讀完而忽略長度的原因了。

「對話」，突顯主角們的關係與性格

文中的三位主角就像其他偵探一樣，有著「留意周遭、發現線索、勇於探查」的特質，不一樣的是，多了「合作」。之所以能合作，友誼是主要條件，但另一條件也不可少，即，各有專長。此外，更不一樣的是，這三位主角也會害怕、偶爾也會想退縮，但還是因爲友誼，外加「幽默」，讓他們即使身陷險境，仍能輕鬆以對。要如何感受到三位偵探間的深厚情誼以及各自鮮明的個性特質呢？請留意書中的「對話」！

「情節」，串連故事線引出破案思惟

情節安排常會因字數而有所受限制，或是案件的線索太明顯、眞相呼之欲出，連讀者都能很快的知道事件的原由；或是線索太隱密，讓原本就過於聰明的偵探一眼識破，而一頭霧水的讀者只能在偵探解說時才恍然大悟。這系列書籍則兼顧了兩者。書中的數個情節，看似無關，但卻有條細線串連著。只要讀者留意一些看似突兀的插曲，留意加入故事的新人物，其實不難發現這條細線，更能理解主角們解決案件的思惟。

【三個問號偵探團】這系列書籍所提到的議題，是十歲小孩所關切的。再加上文字描述能讓讀者理解主角們的性格與關係，讓讀者有跡可尋而拼湊事情的全貌。簡言之，對十歲小孩來說，此類故事即能帶來前述「閱讀懸疑情節」和「與書中偵探較勁」的雙重樂趣。對了，想與書中偵探較勁嗎？可試試下列的閱讀方法：

閱讀中

根據文類和書名以形成假設
（我知道偵探故事有哪些特色，再看到書名，我猜這本書的內容是什麼？）

←

尋找線索以形成更細緻的假設
（我注意到作者安排另一個角色或某個事件，可能與故事發展有關……）

←

帶著假設繼續閱讀
（我注意到的線索、形成的假設，與書中偵探的發現有何異同？）

←

連結線索以檢視假設
（哪些線索我比書中偵探更早注意到？哪些線索是我沒留意到？是否回頭重讀故事內容？）

推薦文

【三個問號偵探團】＝偵探動腦＋冒險刺激＋幻想創意

閱讀推廣人、《從讀到寫》作者／林怡辰

「老師，你這套書很好看喔！我在圖書館有借過！」、「我覺得這集最好看，老師這本你可以借我嗎？」自從桌上放了全套的【三個問號偵探團】，已經好幾個孩子過來「關注」：刺激、有趣、好看、一本接一本停不下來。都是他們的評語。

是的，【三個問號偵探團】就是一套放在書架上，就可輕易呼喚孩子翻開的中長篇偵探故事，每一本書都是一個驚險刺激的事件，場景從動物園、恐龍島、幽靈鐘、鯊魚島、古老帝國、外星人……光看書名，就覺得冒險刺激的旅程就要出發，隨著旅程探險，案件隨時就要登場！

故事裡三個小偵探，都是和讀者年齡相仿的孩子，十歲左右的年齡，帶著小熊軟糖、到達祕密基地，彼此相助和腦力激盪；勇氣是標準配備，細心觀察和思考是破案關鍵；好奇加上團隊合作，搭配上孩子最愛動物園綁架、恐龍蛋的復育、海盜、幽魂鬼怪神祕、幽靈船的膽戰心驚、陰謀等關鍵字。無怪乎，這套德國出版的偵探系列，一路暢銷、至今不墜，也輕易擄獲眾多國家孩子的心。

最值得一談的是，在書中三個小主角身上，當孩子閱讀他們的心裡的話、思考的模式：正面、善良、溫柔、正義；雖有掙扎，但總是一路向陽。讀著讀著，正向的成長性思維和不畏艱難的底蘊，輕鬆遷移到孩子大腦。

而且，這套偵探書籍和其他偵探系列的最大不同，除了場景都有豐富的冒險元素外，敘述和文字掌控力極佳，翻開書頁彷彿看見一幕幕畫面跳躍過眼簾，細節顏色情感，讀來感嘆萬千。不只偵探的謎底和邏輯，文學的情感和思考、情緒和投入，更是做了精采的示範！

在細緻的畫面中，從文字裡抽絲剝繭，一下子被主角逗笑、一下子就緊張的捏緊了拳頭。理解、整合、思考、歸納、分析，文字量適合剛跳進橋梁書的小讀者，當成偵探小說的第一次接觸。在享受文字帶來的冒險空氣裡、抓緊了書頁，靈魂跳進了迷幻多彩的偵探世界，大腦不禁快速運轉，在小偵探公布謎底前，捨不得翻到答案：「解開疑問就是我們的專長！」怎麼可以輸給三個問號偵探團呢！

就讓孩子一起乘著書頁，成爲三個問號偵探團的第四號成員，讓孩子靈魂一起在文字裡探索、線索中思考、找到細節解謎，享受皺眉困惑、懸疑心跳加速，最後較量著誰能提早解謎，在三個偵探團的迷人偵探世界翱翔吧！

推薦文

值得被孩子看見與肯定的偵探好書

彰化縣立田中高中國中部教師／葉奕緯

在破舊鐵道旁的壺狀水塔上，一面有著白藍紅三個問號的黑色旗幟，隨風搖曳著，而這裡就是少年偵探團：「三個問號」的祕密基地。

開頭便用破題的方式進入事件，讓讀者隨著主角的視角體驗少年的日常生活，也在他們推敲謎團並試圖解決的過程中逐漸明白：這是團長佑斯圖的「推理力」，加上鮑伯的「洞察力」以及彼得的「行動力」，三個小夥伴們齊心協力，冒險犯難的故事。

而我們未嘗不也是這樣長大的呢？與兒時玩伴建立神祕堡壘、跟朋友間笑鬧互虧、跟夥伴玩扮家家酒的角色扮演，和大家培養出甘苦與共的革命情感——我們都是佑斯圖，也是鮑伯，更是彼得。

從故事裡不難發現，邏輯推理絕不是名偵探的專利。我們只需要一些對生活的感知力，與一點探索冒險的勇氣，就能擁有解決問題的超能力。

某日漫步街頭，偶然看見攤販店家為了攬客而掛的紅色布條，寫著這樣的宣傳標語：「感謝ＸＸ電視台、〇〇新聞台，都沒來採訪喔！」看似自我解嘲的另類行銷，其實也在默默宣告著：「我們沒有強大的外援背書，但我們有被人看見的自信。」

【三個問號偵探團】系列小說，也是如此。

沒有畫著被害人倒地輪廓的命案現場、百思不解的犯案過程，以及天馬行空的破案手法等各式慣見的推理元素，書裡都沒有出現；有的是十歲孩子的純真視角、尋常物件的不凡機關、前後呼應的橋段巧思，以及良善正向的應對態度。

或許不若福爾摩斯、亞森羅蘋、名偵探柯南、金田一等在小說與動漫上的活躍知名，但本書絕對有被人看見的自信，也值得在少年偵探類受到支持與肯定。

我們都將帶著雀躍的心情翻開書頁，也終將漾著滿足的笑容闔上。來，一起跟著佑斯圖、鮑伯與彼得，在岩灘市冒險吧！

目錄

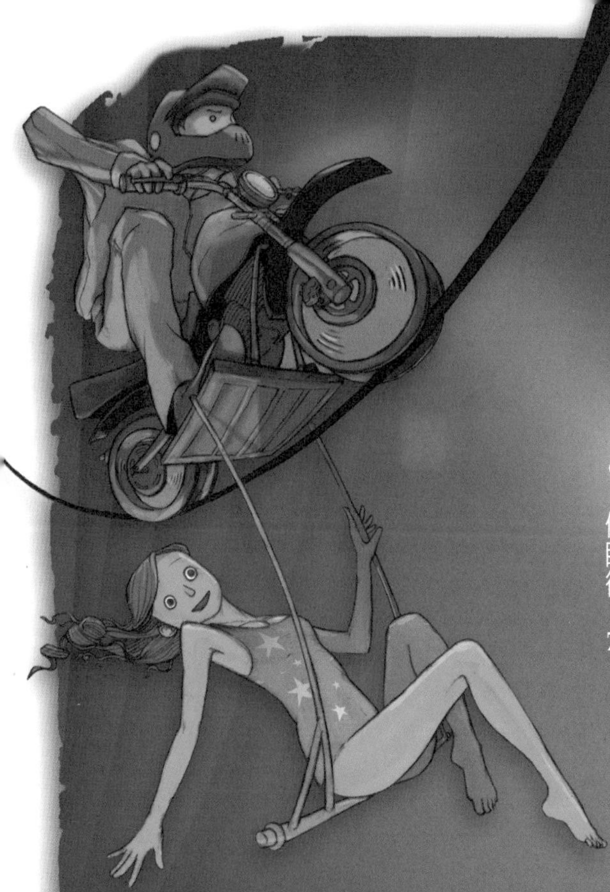

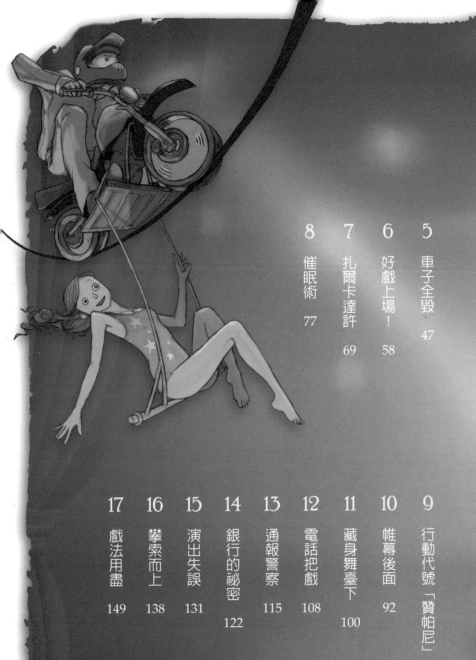

人物介紹

藍色問號：彼得・蕭

年齡：十歲

地址：美國岩灘市

我喜歡：游泳、田徑運動、佑斯圖和鮑伯

我不喜歡：替瑪蒂妲嬸嬸打掃、做功課

未來的志願：職業運動員、偵探

紅色問號：鮑伯．安德魯斯

年齡：十歲

地址：美國岩灘市

我喜歡：聽音樂、看電影、上圖書館、喝可樂

我不喜歡：替瑪蒂姮嬸嬸打掃、蜘蛛

未來的志願：記者、偵探

白色問號：佑斯圖．尤納斯

年齡：十歲

地址：美國岩灘市

我喜歡：吃東西、看書、未解的問題和謎團、破銅爛鐵

我不喜歡：被叫小胖子、替瑪蒂姮嬸嬸打掃

未來的志願：犯罪學家

1

超大型水上溜滑梯

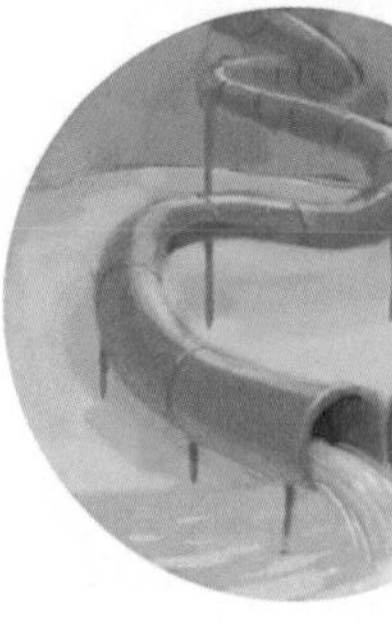

柏油路面上蒸騰的熱氣白茫茫的。佑斯圖·尤納斯騎著腳踏車，吃力的跟在他的兩個朋友後面。他喊道：「嘿，別騎這麼快！我們又不是在參加自行車比賽！反正太平洋也不會跑掉。」

鮑伯回過頭看了他一眼，雙腳卻更使勁的踩踏板。「太平洋是不會跑掉，可是我們會趕不上啟用典禮。加油，再騎快一點！」

佑斯圖深深吸了一口氣，雙手緊緊握住把手，用盡最後的力氣在

濱海公路上衝刺。他滿身大汗的追上了彼得，然後伸出一隻手，抓住彼得腳踏車後的載物架。

彼得對他喊：「門都沒有，佑佑！我又不是拖車。這幾公尺的路你可以自己騎！」

鮑伯朝他的手錶瞄了一眼。「你們快一點！再過三分鐘，超級滑水道的啟用典禮就要開始了。我爸叫我們一定要準時。」

岩灘市的人已經期待這場盛大的活動好幾天了。「超級滑水道」是一具超大型水上溜滑梯，長度超過兩百五十公尺，從陡峭海岸邊的停車場盤旋而下，一直延伸進太平洋，中間轉了無數個彎。專家花了好幾個星期來架設，而今天這具滑梯終於要啟用了。

鮑伯的父親是洛杉磯一家大報社的記者，他打算報導這樁新聞。

三個問號遠遠的就聽見高分貝的音樂從停車場傳來。陡峭的海岸下方是一段狹窄的沙灘，可以讓人下海游泳。

岩灘市的居民有一大半都跑來看超級滑水道的啟用。通往滑梯的入口前架起了一座大舞臺，到處都掛著大氣球和五顏六色的彩帶。

鮑伯在人群中發現了他父親。「爸！典禮已經開始了嗎？」

安德魯斯先生說：「還沒有，但是你們來得正是時候。滑梯的擁有者杜多斯先生馬上就要跟大家致詞。」

佑斯圖累壞了，他把腳踏車靠在一個垃圾桶上，嘆了一口氣：

「唉，我們急急忙忙的趕來，結果剛好趕上聽他廢話。」

這時候，一位矮矮胖胖的先生走上舞臺。「各位先生、女士，我很高興看見有這麼多人到場，因為今天對我和岩瀨市來說都是個特別的日子。今天，就在這個地方，全加州最長的水上溜滑梯即將啟用。不過，我不是愛說大話的人，還是請各位來親身體驗一下吧。有誰想第一個來試試看呢？」

鮑伯本能的舉起手。「這邊！哈囉！我們想試試！」

那位矮胖的先生看向鮑伯，有點摸不著頭腦的問：「什麼叫做『我們』？」

鮑伯的父親也很驚訝，吃驚得連手裡的筆記本都掉在地上。

佑斯圖走向前說：「『我們』指的是我們三個。我們都一起行動。」

彼得有點猶豫的跟著他的兩個朋友走上舞臺。好幾名攝影師從人群中擠到前面，舉起相機對準了他們。

那位矮胖的先生擦掉額頭上的汗水，喃喃的說：「呃，好吧。」他先推開麥克風，再把三個問號拉近自己身邊，警告他們：「聽好了，你們這幾個愛搶話的小鬼，我很清楚你們這種小鬼頭在想什麼，你們別想給我惹麻煩！待會兒你們溜下去的時候，最好給我露出快樂的表情。聽懂了嗎？我看得出來你們滿腦子都是壞主意。我可不希望有任何負面新聞。好了，現在你們進去超級滑水道吧！」

接著他轉身面對觀眾。「各位，我們有了前三名自願者，他們想體驗超級滑水道的獨一無二。他們說他們已經等不及了。」

佑斯圖、彼得和鮑伯已經脫掉了鞋子和T恤。超級滑水道的圓形入口設計得就像一隻鯊魚張開的大嘴。攝影師們紛紛拿起相機拍照。鮑伯的父親突然擠到舞臺前面，向那位矮胖的先生發問：「杜多斯先生，我想這具滑梯的安全性是經過檢驗的吧？」

聽見有人提出這個問題，杜多斯先生似乎很高興。「謝謝你提起這件事。我們當然把超級滑水道徹底檢查過，也模擬過各種可能的情況，絕對不會有事。」接著他咧開嘴露出大大的笑容，「我可以向各位保證，到目前為止，每一個參與測試的人最慢在三分鐘內就會從下方的出口滑出來。」

佑斯圖忽然大聲的打斷他：「如果沒滑出來呢？」

杜多斯先生瞪了他一眼，但隨即又露出和氣的笑容。「除非是有人變魔法。我們測試的時候，每一個從超級滑水道溜下去的人統統都滑了出來。」

佑斯圖卻不放棄。「要是沒有呢？」

這下子那個矮胖的先生幾乎掩飾不了他的怒氣。

「那……那我就親自從滑梯溜下去，而且今天一整天所有的人都可以免費入場。」

「說話要算話喔。」佑斯圖笑著爬上了通往鯊魚嘴的階梯。

2

天靈靈地靈靈

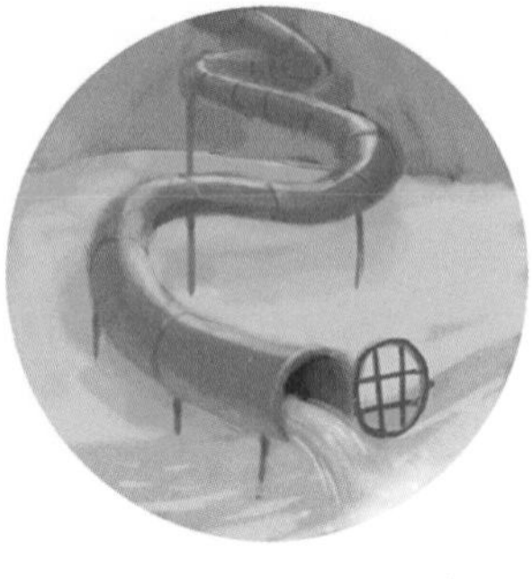

佑斯圖、彼得和鮑伯望著那個圓形的大管子，水從管子裡不停的向下奔流。為了小心起見，鮑伯摘下眼鏡，塞進脫下來的球鞋裡。

彼得小聲的問：「佑佑，你打算做什麼？難道你想用魔法讓我們消失嗎？」

「才不是呢！我只不過是有個主意。說不定行得通。走，我們下去吧！」

在群眾的掌聲下，三個問號鑽進了超級滑水道。人群擠向陡峭海岸邊的圍欄，每個人都想看看這三個男孩會如何從滑梯下面被沖進海水中。

當他們溜下第一個彎道時，佑斯圖喊道：「大家互相抓緊！」接下來是一段平緩的直道。「注意了！現在試著橫躺在滑梯上！用雙腳和肩膀抵住滑梯兩側！也許這樣我們就能停住。」

彼得是他們三個當中身體最長的，他立刻就辦到了。佑斯圖也成功的把自己撐在滑水道中間。只有鮑伯還滑了幾下，必須靠他的兩個朋友把他抓住。眼看前方的滑水道就要變成向下的陡坡，他們及時停住了。在他們下方，水流嘩啦嘩啦的流向深處。

「天靈靈地靈靈，」佑斯圖笑著說，「超級滑水道吞噬了第一批祭品。」

彼得也一臉興奮。「真想看看杜多斯現在的表情。」

那位矮胖的先生靠在圍欄上，把身體探出去向下望。「各位先生、女士，你們馬上就會看見從超級滑水道溜下去是多麼有趣。」

時間一秒一秒的過去，除了滔滔的流水之外，沒有任何東西從那個圓形開口裡溜出來。

一個攝影師笑著說：「也許那三個男孩迷路了？」

杜多斯先生緊張的摸著麥克風，兩分鐘之後，他終於忍不住爬上通往鯊魚嘴的臺階，扯著嗓門對著滑水道的入口大喊：「哈囉？你們聽得見嗎？你們是怎麼回事啊？」

佑斯圖、彼得和鮑伯拚命忍住不要笑出來。

鮑伯的父親笑著說：「杜多斯先生，我想現在你只好遵守諾言，跟著滑下去了。」

一名攝影師舉起了相機。「沒錯。既然答應了，就不可以反悔。這能拍成一張很棒的照片。另外，今天一整天，所有的人都可以免費去溜超級滑水道。」

杜多斯先生不高興的脫掉襯衫和鞋子，接著就消失在鯊魚嘴形狀的入口。

「當心點！他要衝下來了。」彼得小聲的說，一邊把腿縮回來。

沒戴眼鏡的鮑伯弄不清楚方向，倒著溜了下去。他們下滑的速度愈來愈快，水花在他們四周飛濺。

佑斯圖大膽的回頭看了一眼。「動作加快！杜多斯就在我後面。」

這時候，杜多斯也發現了他們三個，他生氣的大吼：「終於逮到你們了！」他們之間的距離愈來愈近，杜多斯恐嚇的說：「你們等著瞧，看我怎麼把你們抓住！我就知道你們會給我惹麻煩。」

佑斯圖慌張的揮動手臂。「前面的動作快一點！」

彼得像個賽車手一樣平躺在滑水道上前進。「沒辦法更快了。除非在我身體下面放一塊肥皂。」鮑伯則根本弄不清楚東南西北。

不過，在一段長長的彎道之後，他們終於抵達了出口，從滑水道狹窄的管子裡飛出來，在半空中畫出一道高高的弧形，然後一個接一個的掉進了太平洋。嘴裡喃喃咒罵的杜多斯先生是最後一個，他「撲通」一聲落入海中。

三個問號的動作比這個胖子快得多，他們游到岸邊，沿著一道高高的階梯往上爬，就回到了上面的停車場。

到了上面，大家笑著迎接他們。鮑伯的父親把眼鏡遞給兒子。

「我本來還以為這篇報導會很乏味呢。怎麼樣，我請你們吃冰棒吧？」

這句話他不需要再問第二次。看來假期的第一天開始得很順利。

3

記者夢

安德魯斯先生開車走在前面，佑斯圖、鮑伯和彼得騎腳踏車跟在後面。他們約好在快到岩灘市區的那間小加油站碰面。

三個問號先前被水浸溼的短褲很快就乾了。當他們抵達加油站，鮑伯的父親已經買好三支雪糕，站在車子旁邊等他們。「拿去吧。運氣好的話，你們三個明天都會上報。我替你們和胖子杜多斯拍了一張照片，這會是一篇很有趣的報導。」

佑斯圖心滿意足的靠在引擎蓋上，拆開了雪糕的包裝紙。「謝謝您，安德魯斯先生。不過，我想向您請教一下，要怎麼樣才能成為記者呢？」

「要成為記者有很多種方式。你可以上大學讀新聞系，也可以接受報社的專業訓練；不過，你其實也可以直接開始。」

彼得很訝異。「什麼？這麼簡單？不必經過訓練嗎？」

「對，原則上你只要會寫作就行了。不過，當然也得有一家報社願意刊登你的文章才行。這是整件事裡最困難的部分。」

鮑伯明白他父親的意思。「你們知道我爸寫的報導有多少篇從來沒被報紙登出來嗎？可以裝滿整個垃圾桶了。」

安德魯斯先生皺起眉頭，有點尷尬的說：「情況也沒有這麼糟啦。我寫的大多數報導都還是被登出來了。」

佑斯圖好奇得忘了舔他的雪糕，融化的巧克力從他手上滴下來。

「這麼說來，我今天就可以坐在電腦前面寫出一篇報導來嗎？」

安德魯斯先生說：「當然。然後你就把那篇報導寄給一家報社，如果你運氣好，就會被刊登出來。」

彼得好奇的問：「做這件事也有錢可拿嗎？」

「當然。大多數的報社是根據字數來付錢。」

佑斯圖很興奮。「那太棒了。字數愈多，錢就愈多。像我這麼愛說話，應該也能寫出很多字。我想記者這個職業很適合我。」

安德魯斯先生遞給他一張紙巾，讓他清理被雪糕弄髒的手。「說不定喔，你不妨試試看。如果有小朋友發表自己寫的文章，也許就連我工作的那家報社都會感興趣。不過，如果你們只是想要賺錢，那最好是去做點別的事。替報社寫文章是發不了財的。」

鮑伯覺得當記者這個主意很不錯。「沒關係，就算不能發財，至少可以出名。」

他父親說：「那你們就去試試吧！睜大眼睛去尋找有趣的題材。我會向報社編輯部的主管替你們多說幾句好話。不過，現在我得快點回去用電腦寫作了，否則我那篇關於超級滑水道的報導就會交不出來。再見囉，祝你們好運。」

安德魯斯先生急忙開車離開了，三個問號向他揮手道別。

佑斯圖很興奮。「真酷，這個假期有救了。我們要當記者了。」

彼得問：「你想寫些什麼呢？」他把舔完的雪糕棍扔進垃圾桶。

「隨時隨地都有事情在發生，我想，我們只需要睜大眼睛。我們為什麼不乾脆就從這裡開始？『加油站的一天』，登在頭版的重大新聞。由三個問號所做的獨家報導。」

鮑伯搖搖頭。「拜託，那會是有史以來最乏味的報導，讀者看了就想打瞌睡。」

可是佑斯圖想做的事誰也阻擋不了。他振振有辭的說：「這可不一定。誰知道在這裡停車加油的都是些什麼人？說不定是逃犯，也可能是剛中了樂透贏得幾千萬的人，甚至是搶銀行的歹徒或是電影明星。比如說，前面那輛吉普車和那輛大型篷車是怎麼回事？」

鮑伯和彼得轉過身去看。那兩輛車的輪胎嘎吱作響，就停在他們旁邊的加油箱前面，所有的車窗玻璃都不透光。車門慢慢打開，一個身穿黑色長大衣的男子下了車。佑斯圖看了他的兩個朋友一眼，得意的豎起大拇指。那個男子只加了幾公升的油，接著就走進設有收銀檯的小屋子。

佑斯圖、彼得和鮑伯偷偷跟在他後面。當門在他們身後關上，他們感到周圍有股異樣的寒氣。佑斯圖覺得那股寒氣不像是屋子裡的冷氣，而像是從那位奇怪的男子身上冒出來的。

那個男子從大衣內袋裡緩緩抽出一個大皮夾，對收銀員說：「五公升高級汽油和一份報紙。」他的嗓音低沉，聽起來十分陰森，讓三個男孩的背脊發冷。

那個男子又問：「你可以告訴我到岩灘市還有多遠嗎？」加油站的工作人員睜大眼睛看著他。「噢，當然可以。其實你幾乎已經到了。只要再往前走兩公里就行了。」

那個男子說：「謝謝，祝你有愉快的一天。」

佑斯圖、彼得和鮑伯躲在雜誌架後面。那個男子朝出口走去，途中突然停下腳步，轉過身來對他們三個說：「也祝你們有愉快的一天。順帶一提，我喜歡你們的名字。三個問號。這名字取得很棒。」

幾秒鐘後，那人就坐上吉普車走了。鮑伯目送著他好一會兒才喃喃的問：「他怎麼會知道我們的祕密代號？」

4

再次相遇

佑斯圖用拇指和食指揉捏下唇思索著。「我想不透他怎麼會知道我們的祕密代號，但是我們會查出來的。至少現在我們有了一個故事，可以用來寫我們的第一篇報導。」

彼得把雜誌放回架上，有點被佑斯圖弄糊塗了。「等一下，佑佑，我們到底是偵探還是記者？」

佑斯圖說：「很簡單，我們先從當記者開始，如果尋找故事的途中發現有人犯罪，我們就改當偵探。走吧，我們去牽腳踏車。那人打算去岩灘市。」

不久之後，當他們站在他們的腳踏車旁邊，鮑伯恍然大悟的說：「我懂了！現在我明白那個穿大衣的男人怎麼會知道我們叫做三個問號了。你們看看我們鑲在車上的小牌子！」

他們三個幾乎已經忘了這件事。很久以前他們在提圖斯叔叔的工作間裡做了三塊小鐵片，上面刻著三個小小的問號。他們把鐵片鑲在腳踏車後輪的擋泥板上，不仔細看幾乎看不出來。

「哇，」彼得忍不住脫口而出，「那個人的眼睛一定像老鷹一樣銳利。太恐怖了。」

他們騎上腳踏車，動身前往岩灘市。現在是中午時分，馬路上幾乎沒有人。鮑伯指著市集廣場旁邊那家空蕩蕩的冰淇淋店，「大部分的人大概都還待在超級滑水道那邊，他們可以免費溜上一整天。其實我們也可以留在那裡，畢竟那是我們的功勞。」

「你說得對，」佑斯圖表示同意，「不過那樣一來，我們就會錯過廣場上這件事。」

「什麼事？」

佑斯圖指著廣場的另一邊，「喏，就在那邊！」

鮑伯和彼得睜大了眼睛望過去。在廣場盡頭停著一輛大卡車，車身上寫著「贊帕尼魔法秀」。不遠處停還著他們在加油站見過的那輛篷車。就在這時候，那輛大卡車的側面突然整個向上升起，露出裡面那座巨大的舞臺。

那個身穿黑大衣的人就站在舞臺中央，手裡拿著一個像是遙控器的東西。接著，閃亮的燈具從四面八方伸出來。

「哇，好厲害，」鮑伯驚訝的說，「我根本不知道有人要在這裡表演呢。」

一個低沉的聲音突然打斷了他，「孩子們，我也不知道有這麼一場表演。我得去看看他們有沒有演出許可。」原來雷諾斯警探就站在他們後面，說完這句話，他就大步走向那座舞臺。三個問號把腳踏車停在噴泉旁邊，跟在他後面。

看見有警察出現，那個身穿黑大衣的男子一點也不驚慌，只打了個招呼：「警官，你好。」同時用銳利的眼神盯著雷諾斯警探。

「這位先生，我是雷諾斯警探。請問你們要在這裡舉辦的活動有得到許可嗎？這究竟是場什麼樣的活動？」

那個人向後退了一步，微微鞠了一個躬。「請允許我自我介紹。我叫贊帕尼，是個魔法師。我將為岩灘市帶來現在紐約和舊金山之間最出色的魔法秀，包括奇幻表演、魔術秀，還有其他精采的節目。喏，我送你幾張招待券，給你和你這三個討人喜歡的孩子。」這個魔法師誇張的把手伸進大衣裡，拿出四張特大號的入場券。

雷諾斯警探一時驚訝的說不出話來，但是他馬上就恢復了鎮靜。

「等一下，事情沒有這麼簡單。首先，他們不是我的孩子。其次，我要看看你們這場公開演出的許可。」

贊帕尼點點頭，帶著這位警探走到他的吉普車旁邊，還一邊向三個問號喊道：「別擔心，我馬上就會把雷諾斯先生再帶回去。」

三個男孩遠遠的看見那人把一疊紙張塞到雷諾斯警探手裡。鮑伯把眼鏡扶正，喊了一聲：「等一下！他塞給雷諾斯警探的東西就只是他先前在加油站買的報紙。」

「你確定嗎？」彼得訝異的問。

鮑伯回答：「百分之百確定。我這副新眼鏡就跟望遠鏡差不多。」

不久之後，雷諾斯警探回來了。「孩子們，一切都沒有問題。贊帕尼先生有市政府核發的許可。這是給你們的招待券。我真想看看這會是場什麼樣的表演。」

鮑伯聽得張口結舌，他一邊收下招待券，一邊說：「等一下，雷諾斯警探。那個人剛才給你看的不是一份普通的報紙而已嗎？」

「一份報紙？你怎麼會這樣想呢？那是正式的政府文件。上面蓋了章，也簽了名。也許你該把眼鏡擦擦乾淨了。」雷諾斯警探說完，就笑著走回警察局。

三個問號目送了雷諾斯警探好一會兒。鮑伯握緊拳頭，氣呼呼的說：「真是太過分了！我很清楚我看見了什麼。佑佑，你對這件事有什麼看法？」

佑斯圖說：「我想我們應該要睜大眼睛。這裡有件事不太對勁。我們現在的身分雖然還是記者，可是我的直覺告訴我，情況很快就會改觀了。」

5

車子全毀

這時候又有兩輛貨櫃車開到市集廣場上來。其中一輛的車身上寫著「玩火明星」，另一輛的車身上則寫著「好萊塢特技小組」。

鮑伯驚訝的問：「現在又是怎麼回事？」

這時候廣場上又聚集了更多看熱鬧的人。第二輛貨櫃車正在噴泉旁邊倒車掉頭時，彼得忽然拚命揮動手臂，大喊：「停！停！快點停下來！我們的腳踏車！」

可是已經來不及了。貨櫃車的一個後輪壓扁了佑斯圖的腳踏車，車身金屬受到擠壓，發出嘎吱嘎吱的聲音。三個問號驚慌失措的跑向噴泉。貨櫃車的駕駛似乎發現自己闖禍了，急忙踩下剎車，但是那輛腳踏車已經沒救了。

佑斯圖把扭曲變形的車子從地上拉起來。「我的天哪，扁得就跟平底鍋一樣。我的車全毀了。」

就在這時候，駕駛座的車門打開了，一位年輕小姐下了車。她的臉漲得通紅，朝著三個問號跑過來。「哎呀，真糟糕！有人受傷嗎？」三個問號搖搖頭，那個小姐才鬆了一口氣，「噢，感謝老天。我幾個星期前才拿到大卡車的駕駛執照。」

一名男子跑過來，這位年輕小姐向他招手，對他說：「看看這裡，里歐，我壓到了這輛腳踏車。」

男子彎下身子看了那堆廢鐵一眼，皺起了眉頭。「唉，沒救了。當然，我和我妹妹蘿拉會補償你們的損失。」

鮑伯指著貨櫃車上寫的字問道：「你們真的是來自好萊塢的特技小組嗎？」

那個年輕小姐把一頭金髮往後一甩，答道：「沒錯，有時候我們的確會在好萊塢替電影公司工作，不過大多數的時間我們都在各地巡迴演出。」

她哥哥看著貨櫃車，有點焦急的對她說：「蘿拉，我們不能把車子就這樣停在這裡。這輛被壓壞的腳踏車就由你來處理，我去把貨櫃車開到應該停放的地方。」說完他又問三個問號：「你們住在這附近嗎？」

佑斯圖一邊試著把扭曲的腳踏車扶正，一邊回答：「是啊，就在這附近，我住在一座廢棄物回收場上。」

蘿拉忍不住笑了。「對不起，我不是故意要笑。可是你住在廢棄物回收場，未免也太巧了。我想，你的腳踏車在那裡會覺得很自在。」

聽她這麼說，佑斯圖也忍不住笑了。「你不要小看我叔叔提圖斯，他會把這部車修好的。而且在他面前你千萬不要提『廢棄物』這幾個字！對提圖斯叔叔來說，那些全都是有用物資。」

蘿拉提議：「這樣吧，我先替你把車子載回去，到了你家之後，我們再來處理這件事。好嗎？」

三個問號同意了。蘿拉的哥哥掀開貨櫃車後面的蓋子。被放下的蓋子成了一道斜坡，他沿著斜坡把一部四輪車推下來。那部四輪車看起來就像一部小型摩托車，只是有四個輪子。接著他把佑斯圖扭曲變形的腳踏車綁在這部奇怪的車子上，但是看起來綁得不是很牢固。他對蘿拉說：「這樣應該可以了，路程不長，應該不至於掉下來。蘿拉，快去快回！再過幾個小時，表演就要開始了。」

佑斯圖坐上彼得腳踏車後的載物架，他們就出發了。蘿拉騎著那輛四輪摩托車跟在他們後面。

十分鐘之後，他們抵達了舊貨回收場。瑪蒂妲嬸嬸正在晒衣服，當她看見這一列車隊穿過回收場的大門朝她駛來時，她嚇得把洗衣籃都掉在地上。「天哪！佑斯圖，出了什麼事？那是你的腳踏車嗎？你受傷了嗎？」

佑斯圖花了好些時間把整件事情的經過講給嬸嬸聽。這時候提圖斯叔叔從他心愛的舊貨棚子裡走出來，幫忙把那輛被軋扁的腳踏車從四輪摩托車上卸下來。叔叔搖搖頭說：「你們看看！這部腳踏車就好像被一部壓路機碾過似的。我希望你們在好萊塢的特技表演裡不會發生這種事。」

瑪蒂妲嬸嬸跑進廚房，端著一個大大的櫻桃蛋糕回到門廊上。

「來吧，我們都需要吃點東西來壓壓驚。蘿拉小姐，你也來一塊吧！」

提圖斯叔叔似乎對他們的特技表演更感興趣。「你真的和你哥哥到處巡迴表演特技嗎？」

蘿拉不小心吃到整個蛋糕裡唯一的一顆櫻桃籽，差點噎到。不過她隨即說出他們兄妹的故事。「我是在特技表演中長大的。我爸媽大半輩子都帶著我們兄妹駕著貨櫃車到處跑。我想，美國的每一州我們都跑遍了。」

鮑伯打斷了她：「你們表演的是什麼樣的特技呢？」

蘿拉回答：「主要是使用高空繩索的表演。但我們不是在繩索上行走，而是在繩索上騎摩托車。」

瑪蒂妲嬸嬸聽了嚇一跳，不小心把咖啡灑在盤子上。「等一下，你們在晾衣繩上騎摩托車？」

「不，那是很粗的鋼索，架在大約十公尺的高空上，有時候甚至是繃緊拉直的架在兩棟房屋之間。當我還是個小女孩的時候，我就在鋼索上騎兒童腳踏車，如今我也敢在上面騎摩托車。實際的情況是我們表演時騎的摩托車沒有輪胎，而是用鋼圈行走。摩托車下面掛著一個很重的吊架來維持平衡。在大多數的表演中，我會坐在吊架的橫桿上，由我哥哥來騎摩托車。」

彼得問：「從來沒有出過事嗎？」

蘿拉放下吃蛋糕的叉子，用餐巾紙擦擦嘴，黯然的說：「三年前出過一次意外，支撐鋼索的一個螺栓斷了。我爸媽在這場意外中不幸喪生。」

聽到這話，大家全都沉默下來。佑斯圖低下頭看著地板。在他五歲的時候，他的爸媽也在一場意外中去世。從那以後，他就跟提圖斯叔叔和瑪蒂妲嬸嬸住在一起。

最後打破沉默的是提圖斯叔叔，他請蘿拉再吃一塊櫻桃蛋糕，又說：「你不必擔心那輛腳踏車。我想我很快就能把它修好。替換的零件我這裡多的是。」他笑著指指回收場上堆得像小山一樣的破銅爛鐵。「不過，下一次你要倒車的時候可要更加小心。這樣吧，你送我們幾張你們演出的招待券，這件事就算了。」

蘿拉馬上就同意了。彼得和鮑伯興奮的拍手，只有佑斯圖一邊捏著他的下唇，一邊說：「我還有一個問題。今天晚上到底要表演什麼？因為那個魔法師已經給了我們幾張招待券。他叫做贊帕諾，對吧？」

蘿拉露出笑容。「你說的是贊帕尼吧。是的，我們這些從事表演工作的人常常會找一些同行搭檔演出，一起巡迴表演一段時間。這樣做可以減少許多工作，例如向政府機關申請演出許可之類的事就不必由我們出面。另外他還有那輛特殊的卡車，車壁一掀開就是現成的舞臺。這一次的節目分成三個部分，我們表演騎車走鋼索，接著由『玩火明星』那團人表演精采的火焰秀，配上許多背景音樂，之後還有贊帕尼的魔法秀。我們也是不久之前才認識他的。」

佑斯圖的好奇心仍然沒有得到滿足。「他是個什麼樣的人呢？」

蘿拉把一綹鬈髮繞在手指上，想了一會兒才說：「老實說，我也弄不清楚他這個人。其實他從來不跟我們交談。我不知道該怎麼形容，只能說他這個人有點怪，他身邊的人舉止也都有一點怪。不過，他的魔法秀很棒。要不是我清楚知道那些全是花招，我會以為這個人真的會變魔法。」

6 好戲上場！

聊著聊著，蘿拉完全忘了她哥哥還在市集廣場上等她。「噢，糟糕！已經這麼晚了。我得走了。謝謝你們招待我這麼可口的蛋糕，我想這是我吃過最好吃的蛋糕了。晚上我們在表演會場見囉。我會替你們夫婦留兩張票，至於這三個小朋友，我會再想想看還可以送你們什麼！」說完她就駕著那輛四輪摩托車揚長而去。

瑪蒂妲嬸嬸一邊收拾用過的餐具，一邊說：「佑斯圖，有一件事

我很確定，那就是你以後不准騎摩托車！」

這個下午剩下來的時間，三個問號就留在舊貨回收場上，幫忙提圖斯叔叔修理那輛腳踏車。修好之後，叔叔坐上坐墊，得意的在場上騎了一圈。「這輛腳踏車比以前更棒了。握把上有五個鈴鐺，我還在前面裝了一個使用電池的探照燈。」

佑斯圖接過他的新腳踏車，心裡對叔叔說的話有點懷疑。所有的零件都是叔叔分別從許多輛破腳踏車上找來的，現在這部腳踏車比以前更加五顏六色。但不管怎麼說，佑斯圖很高興他有車可騎，不必用走的。他也看出這部車有一個優點。「至少不會有人想偷我的腳踏車。它實在是太顯眼了。」

這時候夕陽已經籠罩了岩灘市，氣溫稍微涼爽了一些，一陣微風從太平洋吹過來。鮑伯看看他的錶，「表演再過半小時就要開始了。如果我們不想錯過開頭，就得現在出發。」他和彼得先趕快打電話告知他們的爸媽，接著三個問號就跳上提圖斯叔叔那輛老舊的小貨車，擠坐在提圖斯叔叔和瑪蒂妲嬸嬸後面的座位上，然後他們就出發了。

當他們接近岩灘市區，一路上遇見的人愈來愈多。看來這場表演的消息已經在此地傳開了。最後他們抵達了市集廣場。廣場四周豎起了高高的鐵絲網，還掛上了黑色布幔。只有在入口付錢買票的人才能進去觀賞演出。音樂響徹廣場，提圖斯叔叔把小貨車停在警察局附近，他們再一起走到售票口。

雷諾斯警探也帶他太太在入口前面排隊。波特先生在旁邊擺了個攤子。他是市集廣場旁邊一家小店的老闆，店裡幾乎什麼都買得到。他熱情的叫賣：「請各位走近一些！這裡有冰涼的飲料和剛出爐的甜甜圈。表演的時間很長，大家的肚子會餓。今天所有的東西都是特價。」所謂的特價大約是平常價格的兩倍。

瑪蒂妲嬸嬸笑著說：「波特先生真會做生意。提圖斯啊，你該好好學一學。你總是巴不得把所有的東西都免費送人。」

她丈夫假裝生氣的說：「難道你要我也在這裡擺個攤位，來兜售我那些有用物資嗎？」

蘿拉說話算話，在售票口替他們留了兩張入場券。

通過售票口之後是一條狹長的走道，在走道的盡頭必須要出示入場券。進去之後他們站在原地目瞪口呆了好一會兒。

整座市集廣場都被探照燈發出的五彩光芒給照亮了，目光所及之處都放著一排排的長凳。最前方停著贊帕尼那輛掀開車壁就可以成為舞臺的卡車。幾個男子在舞臺上跳舞，嘴裡還噴出火來。

鮑伯笑嘻嘻的說：「暖場的節目挺不錯。這些人一定是『玩火明星』的團員。」

「我希望他們隨身都有攜帶著滅火器。」瑪蒂妲嬸嬸笑著擠到前面一張還沒人坐的長凳上。不到五分鐘，所有的位子都坐滿了。表演正式開始。

首先登場的是兩名女子，她們一再躍過一堆熊熊的火焰。另外還有幾公尺高的火柱竄向高空。為了小心起見，瑪蒂妲嬸嬸摘下了她的帽子。在火焰秀之後，觀眾向表演者熱烈鼓掌。接著換蘿拉和她哥哥上臺了。

里歐拿著麥克風，指著那條從地面陡直上升的鋼索說：「各位先生、女士，歡迎前來觀賞好萊塢特技表演。各位將在這裡看到的特技，是在任何一部動作片中都看不到的。這裡沒有安全網，也沒有其他花樣。各位將會親眼目睹我騎著這輛摩托車爬上這道鋼索。而且我不是獨自一人踏上這段危險的路程，勇敢的蘿拉將會懸掛在我的下方，陪著我一起騎向星空。請各位專心欣賞！」

當里歐跳上摩托車，提圖斯叔叔拿出攝影機，把整個表演拍下來。

舞臺上所有的燈光都熄滅了，只剩下一道強烈的光束隨著這兩名表演者移動。戴上銀色頭盔的里歐發動了引擎。蘿拉認出了三個問號，向他們揮揮手。

「她是在向我揮手。」鮑伯小聲的說，說完就臉紅了。

接著里歐換了檔，引擎聲轟轟響起。這部沉重的摩托車慢慢的動了起來，帶著這對兄妹一公尺一公尺的爬上那條繃得死緊的鋼索。觀眾張大了嘴巴，凝視著他們往上爬。蘿拉坐在摩托車正下方的吊架上，負責保持摩托車的平衡。

瑪蒂妲嬸嬸緊張的閉上眼睛。「我根本不敢看。佑佑，你可別想去做這種傻事！」佑斯圖一點也不想去嘗試這種特技，光是用看的，他就已經覺得頭暈了。

騎到一半時，里歐停了下來，下方的蘿拉撒下金色的碎紙，接著他們繼續往上騎。鋼索的另一端就固定在岩灘市銀行的屋頂上。當他們抵達屋頂，現場響起如雷般的掌聲。不過，表演還沒結束。還有另一條鋼索從屋頂水平延伸出去，越過整座廣場。里歐和蘿拉坐上另一部摩托車，騎上那條鋼索，越過廣場上空。全場的觀眾都伸長了脖子向上望。而這對兄妹突然停下來，一陣急促的鼓聲響起，坐在吊桿上的蘿拉開始左右搖晃。

「哎呀，他們要做什麼？」瑪蒂妲嬸嬸擔心的喊了出來。

摩托車連同吊桿搖晃得愈來愈厲害，直到它繞著鋼索轉了個圈。有一剎那，他們彷彿就要摔下來，可是摩托車隨即又站直了，接著又轉了一圈。

提圖斯叔叔不停的用攝影機拍攝。「不錯，不錯。打造這部摩托車的人手藝很好。」

摩托車最後又倒著被騎回銀行的屋頂。蘿拉和里歐向歡呼的群眾鞠躬致意，接著再騎上第一部摩托車回到舞臺上。

鮑伯佩服的說：「太厲害了！我本來還以為他們一定會摔下來。」

蘿拉和里歐再一次向觀眾鞠躬便下了舞臺。

燈光熄滅了，廣場上一片漆黑。

過了一會兒，突然一聲巨響，舞臺上竄出一道刺眼的火柱。等到煙霧散去，魔法師贊帕尼瞬間出現在大家面前，就像是被魔法變出來一般。

7

扎爾卡達許

彼得並不怎麼佩服。「他先前一定是躲在舞臺地板的某個蓋子下面。我爸爸向我解釋過這一招。」彼得的父親在電影界從事特效工作。

不過，接下來發生的事就連彼得也不曾見過。

贊帕尼從大衣裡面抽出一支長長的手杖，他把杖尖豎立在舞臺上就放手。令人驚訝的是，那支手杖並沒有倒下。接著這個魔法師用單腳跳上去，站在手杖上一動也不動。

彼得揉揉眼睛說：「他一定是用了什麼方法把那支手杖固定在地板上。沒錯，這是唯一的可能。」

音樂輕輕響起，那支閃閃發亮的手杖悄悄的變長了。觀眾目瞪口呆的看著那個魔法師升得愈來愈高，最後升到大約離地兩公尺高。

彼得在長凳上不安的扭動身體，「一定是有某種機械裝置從下面把那支手杖向上推。一定是這樣沒錯。」

「噓，安靜點！」後面一個老太太噓他。

就在這時候，魔法師張開手臂，開口唸起咒語：「扎爾卡達許！」

低沉的嗓音響徹了廣場。一道亮光在他下方一閃，手杖就消失了。然而，魔法師仍然飄浮在原來的高空。彼得吃驚得闔不攏嘴。但是更瘋狂的事還在後頭，贊帕尼開始規律的擺動手臂，彷彿他想要飛走似的。而他果真像個氣球一樣飄動了起來，在舞臺上空飛了幾公尺。

彼得張大嘴巴吸氣。「我認輸了。他一定是真的會魔法。」

當魔法師平安的回到地面，觀眾全都站起來鼓掌，大聲叫好。

贊帕尼向大家深深一鞠躬，接著又表演了一連串驚人的魔法秀。最後他走進觀眾席，說道：「各位先生、女士，現在請各位隨著我進入催眠的神奇世界。我將讓各位當中的某些人失去意志，受我掌控，成為我的工具。」

這一次換成佑斯圖不相信這個魔法師的神奇力量，他小聲的向他的兩個朋友說：「這種無聊的把戲我已經在電視上看過了。我敢打賭，等一下他會把某個替他工作的人叫上舞臺。這一切都是事先串通好的。」

贊帕尼似乎聽見了佑斯圖說的話，他朝他們轉過身來。鮑伯輕聲的說：「佑佑！你就不能不要說話嗎！」

可是已經太遲了。魔法師走了兩大步就突然來到他們面前，一股異樣的寒氣頓時包圍了他們。贊帕尼指著三個問號說：「就請你們三位上臺來怎麼樣？你們的父母親應該不會反對吧？」

瑪蒂妲嬸嬸把帽子戴上，忍不住大聲笑了。「你儘管試試看，但是你不會成功的。這麼多年來，我一直試著要他們聽我的話，可是我甚至沒辦法說動他們去做功課。」

瑪蒂妲嬸嬸這番話似乎更激起了那個魔法師的好勝心。三個問號不情願的被帶上舞臺。途中佑斯圖小聲的對他的兩個朋友耳語：「當心了，等一下他就會對我們說那些催眠用的鬼話。只要別去聽就好了，想些別的事。」

探照燈此刻照在他們三個身上，提圖斯叔叔繼續用攝影機拍攝。音樂聲再度輕輕的響起，魔法師站在佑斯圖、彼得和鮑伯面前，他開口說：「看著我的眼睛，聽著我的聲音，聽我說話。放鬆下來，看著我。你們的腦筋鬆弛了，你們的思緒在我身上。等我數到三，你們就不再是自己心智的主人。一、二、三。」

有一小段時間，一切都陷入黑暗中，他們三個有種異樣的感覺。然後，在一聲重重的拍掌聲下，他們四周又亮了起來。

佑斯圖高興的說：「看吧，我說得沒錯。只要別去聽，這套戲法就起不了作用。」

彼得和鮑伯看著鼓掌的觀眾，不明白發生了什麼事。有幾個觀眾甚至笑得流出了眼淚。

更奇怪的是，鮑伯的眼鏡躺在地板上。他被弄糊塗了。他伸手把眼鏡撿起來。「事情有點不太對勁。我有種很奇怪的感覺。」

彼得也有同感。「我也一樣。彷彿我才剛醒過來似的。還是因為燈光太亮的關係？」

表演結束了，觀眾全都開始向外擠。

提圖斯叔叔拍拍佑斯圖的肩膀說：「哇，這是我見過最瘋狂的表演。你們真的什麼也沒察覺嗎？」

這下子佑斯圖也漸漸不安起來。「我不明白。剛才到底發生了什麼事？」

他叔叔指指攝影機笑著說：「我把整個過程都拍下來了。走吧，我們回家去看。你們一定不會相信。」

三個問號懷著忐忑的心情坐上小貨車，在星光燦爛的夜空下回到舊貨回收場。

8

催眠術

等他們到了家，提圖斯叔叔很快的在客廳裡把攝影機接上電視。

「坐下吧。表演馬上就要開始了。你們會大吃一驚的。」

瑪蒂妲嬸嬸替每個人端來一杯冰紅茶。「唉，我不知道這樣做對不對。這種事對孩子來說肯定不健康，以後我們再也不要讓他們做這種事了。我實在有點良心不安。」

佑斯圖再也忍不住了。「拜託，到底發生了什麼事啊？」

提圖斯叔叔還來不及回答，影片就開始播放了。

首先他們看見蘿拉和里歐的影像，看見他們在半空中騎著摩托車從觀眾上方越過。接著影片閃動了一下，三個問號隨即出現在舞臺上。那個魔法師站在他們面前，舉起了手臂。鮑伯不安的把眼鏡扶正，凝視著螢幕。「佑佑，我有種不祥的預感。你當時如果不要多嘴就好了。」

提圖斯叔叔把影片的聲音轉大一點。「噓！安靜點，要開始了。」

影片中傳來那個魔法師的聲音：「看著我的眼睛，聽著我的聲音，聽我說話。放鬆下來，看著我。你們的腦筋鬆弛了，你們的思緒在我身上。等我數到三，你們就不再是自己心智的主人。一、二、三。」

到這裡為止，三個問號還記得所發生的事，可是接下來的畫面讓他們不敢相信自己的眼睛！螢幕上的佑斯圖、彼得和鮑伯張著嘴巴站在那個魔法師面前，呆呆的盯著他。贊帕尼又舉起了手臂。「聽我的聲音！我再一次數到三，你們就不再是岩灘市的三個小男孩，而是三隻尖叫著爬來爬去的小豬。一、二、三！」

不可思議的事發生了。他們彷彿接收到了命令，全都趴在地上，一邊發出呼嚕呼嚕的聲音，一邊爬來爬去。

鮑伯從椅子上跳起來。「噢，不，告訴我這不是真的！」

可是更糟的事還在後頭。接著那個魔法師命令他們三個像兔子一樣跳來跳去，又遞給他們每人一根胡蘿蔔。他們啃得津津有味。

彼得完全不明白這是怎麼回事，喃喃的說：「難怪我嘴裡有股奇怪的味道。」

最後贊帕尼讓他們三個像嬰兒一樣吸吮大拇指。觀眾看得哈哈大笑。佑斯圖受不了了，跑過去關掉電視。「這實在太過分了。催眠這種事應該被禁止。想像一下，假如他命令我們去咬彼此的耳朵呢？」

鮑伯也同樣生氣的握緊了拳頭說：「他會遭到報應的。你們看著好了，我要報復他。」

「你打算怎麼做？」彼得問，他仍舊不知所措的盯著已經沒有畫面的電視。

鮑伯說：「我還不知道，可是我們會想出辦法的。明天見。」

時間已經很晚了，彼得和鮑伯各自回家。佑斯圖也累了，回到自己的房間休息。他還清醒的在床上躺了一會兒，看著皎潔的月亮，回想這一天裡所發生的事。他不願意相信那個魔法師真的能夠暫時奪走他的意志。

第二天早晨，佑斯圖被一陣奇怪的喇叭聲吵醒。他睡眼惺忪，慢吞吞的走到窗前，從二樓望向下面的院子。蘿拉騎在一部摩托車上向他招手。「哈囉，佑斯圖，我沒有把你吵醒吧？」

佑斯圖嚇了一跳，趕快拉上窗簾，想遮住身上的睡衣。「一點也沒有，我早就起床了。等一下，我馬上下來。」

佑斯圖快速穿好衣服，跑下樓去。瑪蒂妲嬸嬸已經替蘿拉端來一杯冰紅茶，嬸嬸伸出手想要替佑斯圖把頭髮撫平。她笑著對佑斯圖說：「你看起來就像是剛從洗衣機裡掉出來似的。」

佑斯圖覺得很難為情，伸手護住了頭。「別弄我！這種髮型現在正流行。」

蘿拉假裝什麼都沒有看見。佑斯圖在門廊桌旁坐下，坐在她旁邊。他說：「這個贊帕尼最好別再讓我碰到。我們昨天看了那段催眠表演的錄影。我們會要他好看！」

這整件事似乎讓蘿拉很不自在。「我只能說我很抱歉。我說過，我們也是在不久之前才認識贊帕尼。在昨天之前，他一向只會把成年人請上舞臺，而且從來不會叫他們做那種事。」

這時候，彼得和鮑伯也騎著腳踏車來到了回收場。他們跟蘿拉打了招呼，看見她在這裡，他們都很訝異。她也向他們兩個道了歉。

鮑伯深深吸了一口氣，挺起了胸膛。「算了。這是我們和贊帕尼之間的事。我已經有了一個計畫。」

「你有計畫？」彼得感興趣的問。

「是啊，我們再去看一次他的魔法秀。等他單腳站在那支手杖上，我就跑上舞臺，把手杖踢倒。到時候看看他還能變什麼花招。」

蘿拉笑了。「對不起，我忍不住要笑。可是你這個計畫不會成功的，因為舞臺前面總是站著幾個他的工作人員，他們的責任就是不要讓這種事情發生。」

瑪蒂妲嬸嬸替每個人都端來了冰紅茶，佑斯圖用吸管吸了一口，問道：「我們可以在白天裡去看看那座舞臺嗎？」他微微瞇起了眼睛。

鮑伯立刻明白了佑斯圖有什麼打算。「沒錯，他們總不會整天都守在舞臺前面。比如說，他們現在這一刻在做些什麼呢？」

蘿拉詫異的看著他。「這個嘛，大多數的人還在睡覺。晚上表演結束之後，他們的工作還沒有結束，還得要收拾很多東西，例如整個舞臺的裝置、燈具、電線等等。表演界的工作人員通常都得工作到深夜。你為什麼這麼問呢？」

鮑伯一派輕鬆的靠坐在藤椅上。「噢，我們是想，也許什麼時候你可以帶我們參觀一下後臺。」

9

行動代號「贊帕尼」

蘿拉嚇得把杯子往桌上一放。「等一下，這可不行。舞臺後面絕對是禁地。很抱歉，我雖然可以帶你們通過柵欄，但其他的事我就幫不上忙了。」

佑斯圖倒是覺得蘿拉的提議很不錯。「那也是個不錯的開始。我很想去看一看。」

蘿拉漸漸猜到了三個問號有什麼打算，不安的撥弄著她的頭髮。

「噢，不，如果你們去那裡搗亂的話，我可會惹上大麻煩。你們想做什麼？」

「噢，我說過了呀，就只是去看一看。」佑斯圖說。「萬一我們迷路了，那當然跟你一點關係也沒有。」

彼得猛點頭，「沒錯。絕對不是你的錯。」

蘿拉沉默了一會兒，然後做了決定。她戴上她的太陽眼鏡，站了起來。「你們說得沒錯。贊帕尼是該受點教訓。好吧，你們想做什麼就去做吧，但是別把我扯進去。我會帶你們通過柵欄，其他的事我並不想知道。同意嗎？」

三個問號同時跳起來，把手按在心上，異口同聲的說：「同意！」

「好，那我們十五分鐘後在入口碰頭。待會兒見。」

當她騎著摩托車呼嘯而去，三個問號興奮的互相擊掌。鮑伯高興的說：「『贊帕尼』行動正式啟動。」

這時候提圖斯叔叔也走到門廊上。他問道：「什麼行動？出了什麼事嗎？」

佑斯圖咧開嘴笑了。他一口氣喝完冰紅茶。「沒事，提圖斯叔叔，目前還沒有出什麼事。」

三個問號跳上腳踏車。叔叔目送著他們。他搖搖頭說：「瑪蒂妲，我想這幾個孩子還在被催眠的狀態裡。」

十分鐘後，佑斯圖、彼得和鮑伯抵達了市集廣場。蘿拉站在入口前面等他們。「好，我讓你們進去。但是你們不要胡鬧得太厲害！我等一下會去波特先生的店裡買點午餐。」

接著她用鑰匙打開了一道柵欄的鎖鏈。「動作快！待會兒你們可以等我回來開門，也可以自己想辦法出來。我相信你們總會出得來的。那就一會兒見囉。」

三個問號沒有多說什麼就一溜煙的鑽進了入口。蘿拉在他們身後急忙再把柵欄鎖上，接著就往波特先生的小店走去。

彼得有點擔心的四處張望。「佑佑，現在我們該做什麼？」

「我也不知道。先到處看一看吧。」佑斯圖說。

廣場上和昨天晚上沒有什麼不一樣。一排排長凳放在舞臺前面，就像在馬戲團的帳篷裡一樣。周圍都用鐵絲網圍住了，鐵絲網上還掛著黑色的布幔。岩灘市那座噴泉就位在廣場的正中央。

三個問號小心翼翼的走近舞臺。他們對於自己昨晚在錄影帶中出的洋相還記憶猶新。舞臺距離地面大約有一公尺，下面用黑布遮住。舞臺中央只放著一把紅色的小椅子。彼得壯起膽子，從狹窄的階梯走上舞臺去檢查地板。不久之後，他興奮的說：「在這裡！我就知道！贊帕尼就是把他的手杖立在這個位置。」

佑斯圖和鮑伯好奇的跑過去。彼得指著地板上的一個地方，「你們看到了嗎？雖然現在有人用一個小塞子把洞塞住了。但我敢打賭，在舞臺下方有一個機械裝置，能把那支手杖往上推。」

佑斯圖點點頭。「好，那我們應該去舞臺下面看一看。」

他們又悄悄走下階梯，從那塊黑布下面鑽進了舞臺下方。過了好一會兒，他們的眼睛才習慣了黑暗。彼得發現那個小洞就在他上方，他伸出食指把那個塞子往上推出去。一道細細的陽光從洞裡射進來。小洞的下方裝著一套由許多機械零件和電線組成的複雜設備。

彼得向他的兩個朋友說明：「這大概是一種液壓機。拍電影的時候常會用到。藉由這個裝置，贊帕尼站在那根手杖上就會像搭電梯一樣往上升。」

鮑伯檢查著那些電線，露出了淘氣的笑容。「假如我把這條電線拔掉，這整個裝置還能運作嗎？」

彼得立刻就明白了鮑伯在想什麼。「當然不能囉。如果沒有電，就什麼把戲也變不出來了。」

佑斯圖也興奮的說：「沒有把戲，就沒有掌聲。這是我們報仇的機會。」他伸手把那條電線從插座上拔出來。然後他們又從舞臺下面爬了出去。

爬出去之後，鮑伯仔細看著那座舞臺。「彼得，可是有一件事我不明白。最後那支手杖消失了，但是贊帕尼還是飄浮在半空中。」

彼得下定決心再度走上舞臺。「這一點我們現在就來弄個清楚。」

10

帷幕後面

舞臺的後半部被一塊黑色帷幕遮住。彼得掀起帷幕，鑽了進去。佑斯圖和鮑伯驚訝的跟在他後面。平常碰到這種情況，彼得並不是他們當中膽子最大的。

他們的眼睛必須先適應四周的黑暗，但他們漸漸發現了許多觀眾平常看不見的東西。這裡到處都堆著箱子，裡面裝滿器材，一個角落裡甚至還停放著蘿拉的四輪摩托車。

鮑伯檢查著一個被擦得發亮的大箱子。「你們看這裡，昨天贊帕尼表演其中一項魔法秀的時候，就是躺進這裡面，對吧？」

彼得很感興趣的走過去掀開了蓋子。「沒錯，他躺進去之後就突然消失了。讓我來看看他是怎麼辦到的。等一下，你們看這裡！我就知道，這裡到處都裝著斜放的鏡子，古時候的魔法師就已經懂得用這種鏡子來矇騙觀眾。其實根本就只是一些巧妙的障眼法。」

接著佑斯圖仔細檢查一頂黑色禮帽，那是他在另一個箱子上面發現的。他笑嘻嘻的戴上帽子，煞有介事的舉起手臂。「不信邪的人，你竟敢瞧不起魔法這門高級藝術。看著我的眼睛！這不是障眼法。天靈靈地靈靈，我要把你變成一隻嘓嘓叫的小青蛙！扎爾卡達許！」

彼得嚇得鬆開了手裡拿著的箱蓋。「佑佑，別胡鬧！搞不好贊帕尼會聽見。現在我要弄清楚，他到底是怎麼飄浮在半空中的。」

佑斯圖把那頂禮帽從頭上摘下，可是那頂禮帽好像自己會動，帽子也沉甸甸的。他小心翼翼的把手伸進帽子裡。彼得以為佑斯圖又在耍寶，不高興的說：「佑佑，拜託你別再演了！」

可是這一次佑斯圖自己也有點忐忑不安。「等一下，我不是在胡鬧……我摸到一個奇怪的東西，軟軟的……」

他沒有再往下說，忽然從帽子裡拉出一隻小白兔。他們三個全都大吃一驚，一時說不出話來。最後鮑伯伸手把小白兔抱過去。「也許我們應該再澈底思考一下，是不是所有的魔法都是騙人的花招。說不定他是個真正的魔法師？」

彼得不願意相信。「不，絕對不可能。這世界上沒有魔法！喏，你們看，剛才這頂禮帽就放在這個箱子上。看吧，我就知道，這裡有一個洞，兔子可以從洞裡爬進禮帽裡。」他小心的掀開箱蓋，一個籠子露了出來，裡面還有兩隻小兔子。

這下子彼得更加起勁的檢查舞臺，想弄清楚贊帕尼為什麼能飄浮在半空中。不久之後，他就在一塊布下面發現一臺迷你起重機。「現在我們解開了最後一個謎題，這個起重機有一支伸縮旋轉臂可以伸到舞臺上。贊帕尼的大衣裡一定有東西能把他固定在這個旋轉臂上。只要從帷幕的縫隙中操作旋轉臂，就能讓贊帕尼上下移動。」

鮑伯還是不太相信。「可是，觀眾會看見那個旋轉臂出現在舞臺上，不是嗎？」

彼得搖搖頭說：

「不，觀眾看不見的。因為旋轉臂上一定也包著黑布，藏在舞臺的黑色帷幕後面，在特定的光線下，是看不出來

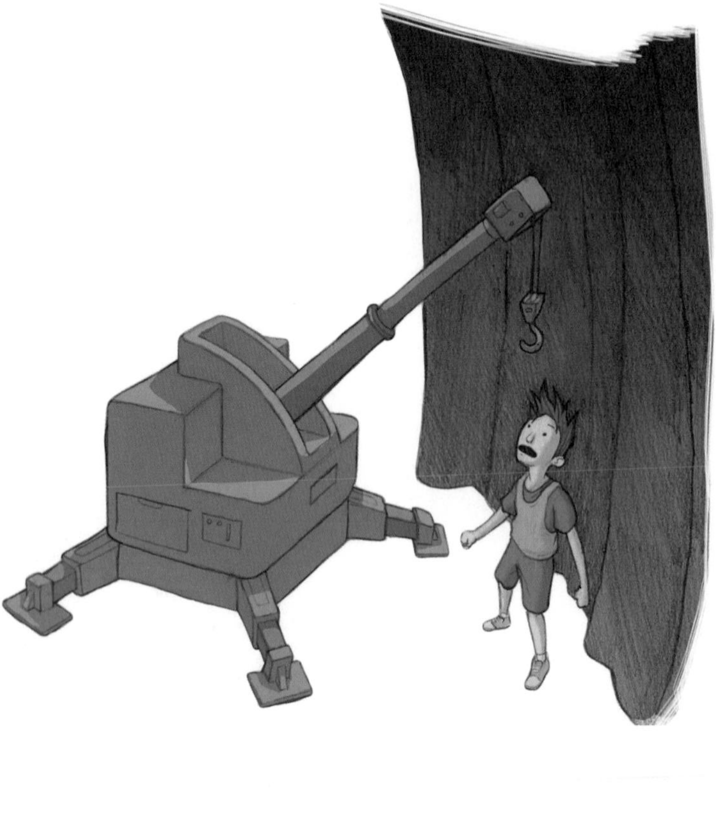

的。這也是魔法師常用的古老花招。」

彼得對魔法表演的了解，讓佑斯圖和鮑伯都很佩服。在他們離開後臺之前，他們發現了一道很窄的鐵門。鮑伯自言自語的說：「這扇門會通到哪裡呢？」

佑斯圖毫不猶豫的按下門把，笑嘻嘻的說：「只要把門打開，就能得到答案。」

彼得搖搖頭。「你這句話是從哪裡學來的？」

「是我最近在一齣廣播劇裡聽到的。」佑斯圖說。

當佑斯圖把門整個打開，刺眼的陽光照進來，亮得讓他們睜不開眼睛。那輛吉普車和那輛篷車就停在他們前方。旁邊還停了另外兩輛篷車，和「玩火明星」及「好萊塢特技小組」的卡車。這片場地同樣也用高高的鐵絲網圍住，看來這些演出人員就住在這裡。

四周一個人影也沒有，佑斯圖小心的走近贊帕尼的篷車。一扇車窗打開了一條縫，佑斯圖把手放在耳朵後面去仔細聽裡面的動靜。彼得和鮑伯一臉猶豫的跟在他後面。

佑斯圖露出笑容說：「嘿，你們聽見了嗎？贊帕尼打鼾的聲音根本就跟土撥鼠一樣。我們可以不慌不忙的弄亂他的道具，他根本不會察覺。」

彼得鬆了一口氣，「很好。可是現在我們該開溜了。他不會一直睡下去。」

突然，一個男子低沉的咆哮聲從舞臺的方向傳來。「可惡！是誰拔掉了塞子？」

是那個魔法師的聲音。

11

藏身舞臺下

三個問號呆住了。這時候其中一輛篷車裡傳出了一個男子疲倦的聲音：「老闆，我這就過去！現在又怎麼了？雷普利，快醒來，老闆在叫我們！」

彼得摀住嘴巴低聲的說：「現在怎麼辦？我們不能待在這裡。」

佑斯圖焦急的尋找一個可以躲藏的地方。最後他指著充當舞臺的那輛卡車的背面，「我們走，從卡車背面也可以爬到舞臺下。動作

快，那是我們唯一可以躲藏的地方。」

他們用最快的速度往回跑，剛好來得及從另一側爬進舞臺底下。下一刻，那輛篷車的車門就打開了，兩個睡眼惺忪又沒刮鬍子的男子走出來，其中一個問道：「羅德，老闆怎麼說？」

「他說塞子掉了。」

「什麼？不會吧，就為了一個該死的塞子，他就把我們從床上叫下來？」

兩個男子穿過那扇鐵門走上舞臺，現在三個問號看不見他們了。

佑斯圖把一根手指壓在嘴脣上，低聲的說：「保持安靜，他們現在就站在我們的正上方。」

一會兒之後，他們又聽見贊帕尼的聲音。「羅德、雷普利！你們做事情也未免太馬虎了吧？我跟你們說過幾千次了，我不容許任何錯誤發生。」

「老闆，只不過是個塞子罷了。再說，我可以發誓，昨天晚上我明明把它塞回去了……」

贊帕尼生氣的打斷他。「雷普利！你居然還想推卸責任！一個小小的錯誤就能造成整場表演失敗。如果戲法不成功的話，必須站在臺上面對觀眾的人是我，而不是你們。魔法表演必須要非常精準，而且絕對不能大意。要是再犯一次錯誤，你們就可以準備收拾行李滾蛋了！聽懂了嗎？」

「是的，老闆。」那兩個人無精打采的同聲回答。贊帕尼似乎還不滿意，因為他忽然用十分平靜的聲音說：「看著我的眼睛！你們兩個都一樣！現在我數到三，你們就不會再犯錯，再也不會！一、二、三！」

「再也不犯錯。」羅德和雷普利的聲音聽起來很呆滯。接著他們兩個就走開了。

現在只剩下贊帕尼獨自站在舞臺上。三個問號聽見他用手機撥號的聲音。「哈囉，又是我。現在請你好好聽我說，照著我所說的話去做。」

三個問號驚訝的你看看我，我看看你。

「請你只注意我的聲音，我的聲音就在你內心深處。現在我數到三，你就把我需要的數字告訴我。今天是時候了，就是今天。一、二、三。」接著贊帕尼似乎在抄寫什麼。「好，33……接下來呢？7、18、29、40……最後一個數字呢？……11。很好，你做得很好。現在我再數到三，你就會忘了剛才這番談話。一、二、三。」

接著贊帕尼在舞臺上走了幾步，停留了一會兒，喃喃的說：「天氣這麼熱，誰受得了啊！」一陣窸窸窣窣的聲音傳來，然後他就走下舞臺，穿過那道鐵門，消失在他的篷車裡。

佑斯圖揉捏著下唇思索著。

彼得小聲的問：「佑佑，你在想什麼？」

「我在想，現在我們該從記者的身分轉為偵探了。這裡有件事情很不對勁。」

他的兩個朋友也有同感。鮑伯用T恤把眼鏡擦乾淨。「他嘰哩咕嚕的唸了那麼一長串數字，不知道他在打什麼鬼主意？」

彼得搖搖頭說：「我也想不出來。只是有一件事可以確定，那就是贊帕尼有辦法只用聲音就催眠別人。我沒有想到他在電話中也能辦到。不知道他那通電話打給了誰？」

「我也很想知道。」佑斯圖還在苦苦思索。「但我敢打賭，我們很快就能查出來。現在我們還有另一個問題要解決，那就是我們要怎麼再從這裡出去呢？」

彼得不安的看看四周。「我們的選擇不多。我想我們最好不要從通往篷車的那一側爬出去，那些人大概都快醒來了。」

佑斯圖下了決心，往觀眾席的方向爬。「走吧，我們不能待在這下面。說不定我們運氣不錯，柵欄的某個地方會有缺口。跟我來！」

在舞臺下面爬行了幾公尺之後，他們又到了外面。三個問號不知所措的四處張望。鮑伯突然指著仍然放在舞臺中央的那張小椅子，「嘿，你們看見了嗎？贊帕尼把他的黑大衣扔在椅子上，大概是覺得太熱了。嘿，說不定那東西還在他的大衣口袋裡！你們知道我在想什麼嗎？」

彼得猜到了鮑伯的意圖。「算了！我可沒興趣去他的大衣口袋裡找手機。要是他突然回來怎麼辦？」

可是佑斯圖彷彿根本沒聽見彼得的擔憂，他興奮的說：「沒錯，那支手機！每支手機都會顯示剛剛撥打過的號碼。我們走！」

12 電話把戲

鮑伯和佑斯圖盡可能不發出聲音的溜到舞臺上，拿起披在椅子上的那件大衣，彼得不情願的跟在後面。佑斯圖毫不猶豫的去掏大衣的每個口袋，起初他只找到了一條又一條的絲巾、紙牌和一顆奇怪的球。當他拿起那顆球，它轉眼就變成了一束彩色塑膠花。

「佑佑！」彼得緊張的小聲說：「你再也沒辦法把這束花變回一顆球，他會發現的！」

可是佑斯圖沒有動搖，他把塑膠花塞到彼得手中，繼續在大衣口袋裡翻找。突然，他得意洋洋的把一支手機拿在手裡，高興的說：「看吧！現在我們只需要按下重撥鍵，最後一次撥打的號碼就會顯示出來。等一下……找到了！鮑伯，快點，你身上有紙筆嗎？」

鮑伯說：「傻問題。我總是隨身攜帶我的筆記本。來吧，把號碼告訴我！」

那是個手機號碼，鮑伯專心的把那組數字記下來。彼得則不知所措的拿著那束塑膠花。「好吧，可是這個東西怎麼辦？」

佑斯圖似乎有個主意，他跑到那塊黑色帷幕後面。不久之後，他帶著一隻小白兔回來。接著他把大衣扔在地板上，再把兔子放在大衣上。「贊帕尼會以為是兔寶寶跑出來，叼起了大衣，在裡面亂翻。這裡還有一根胡蘿蔔，是我在籠子裡找到的，可以讓牠啃一會兒。」他對兔子說：「你要乖乖待在這裡喔，否則你就慘了！」

接著他們又悄悄溜下舞臺，焦急的尋找鐵絲網上的缺口。

過了一會兒，他們突然聽見有人從外面打開了柵欄入口的鎖鏈。原來是蘿拉提著兩個大購物袋回來了。三個問號高興極了，急忙朝她跑過去。

蘿拉笑著問：「你們怎麼啦？難道又被贊帕尼催眠了嗎？」

佑斯圖搖搖頭。「不，這一次被催眠的不是我們。晚一點我們會把所有的事都告訴你。拜拜。」

蘿拉搖著頭，目送他們離開。

他們跑了一陣子，鮑伯氣喘吁吁的問：「佑佑，我們到底要跑到哪裡去？」

佑斯圖說：「我也不知道。我只是想先離開那裡。我們得先弄清楚這個電話號碼是誰的。然後我們應該要把這整件事情告訴雷諾斯警探。」

彼得高興的說：「你總算提出了一個好建議。」

他們去牽了腳踏車，騎車到棕櫚街上那個離他們最近的電話亭。

鮑伯投了個硬幣到投幣孔裡，撥了他剛才記下來的號碼。他仍舊氣喘吁吁的。「我等不及想知道會是誰來接電話。」

當電話另一端響起通話聲，三個問號全都把頭湊到了聽筒旁邊。一個男子的聲音說：「您好，這是亞當·史提芬的語音信箱。很抱歉目前無法接聽您的電話，但是您可以留言。謝謝您的來電。」

鮑伯趕快掛掉電話。「這人是誰呢？你們曾經聽過亞當·史提芬這個名字嗎？」

佑斯圖搖搖頭。「沒聽過。可是如果我們運氣好，他可能就住在這一帶，那我們可以在電話簿裡找到他的名字。」

他們匆匆打開電話亭裡那本破舊的電話簿，彼得一行一行的找。「桑德斯、史密斯、又一個史密斯、史坦佛、史塔培、史提芬……有了，亞當·史提芬。應該就是他。這裡還印著另一個電話號碼。」

鮑伯不假思索的又投了一個硬幣。「打完這通電話我就沒錢了。希望有人來接電話。」

他們又全都把頭湊在聽筒旁邊。

「哈囉，您好。」來接電話的是個女人。

鮑伯清了清嗓子，努力把嗓音壓低。「你好，我叫做鮑……呃，鮑賓格，來自岩灘市。我可以跟史提芬先生講話嗎？」

「鮑賓格先生，請問有什麼事嗎？是私人的事，還是公事呢？」

「呃，是公事，絕對是公事。」

「如果是這樣，就麻煩您直接打電話到銀行去。」

「好的，銀行。噢，對了，那家銀行叫什麼名字來著？」

「岩灘市就只有一家銀行。不過，鮑賓格先生……我漸漸覺得您好像……」

那個女人沒能把話說完，因為鮑伯「喀嚓」一聲就掛掉了電話。

「好險，我想她發現事情有點不對勁了。」

佑斯圖拍拍他的肩膀表示讚許。「沒關係，鮑伯，現在我們已經知道我們想弄清楚的事了。原來這位史提芬先生是在銀行工作，而且不是隨便一家銀行，而是我們岩灘市的銀行。你們都知道銀行在哪裡吧？」

「在市集廣場上。」彼得和鮑伯異口同聲的說。

13

通報警察

佑斯圖倚著電話亭說：「我來把我們知道的事整理一下。贊帕尼打電話給銀行的這個人。看樣子他把對方也催眠了。問題是他要用這些奇怪的數字做什麼呢？」

彼得接下去說：「一定不是什麼好事。我想，現在我們應該按照計畫行事，把這整件事告訴雷諾斯警探。」

警察局就位在市集廣場上。不久之後，三個問號就爬上了通往值

班櫃檯的臺階。一位女士從櫃檯後面向他們打招呼。「哈囉，我可以為你們做些什麼嗎？」

彼得搶先說：「我們必須馬上跟雷諾斯警探說話。」

那位女士放下手中的原子筆，「哎呀，那你們來遲了幾分鐘。警探剛才帶著整組警員到洛杉磯去了。」

「去洛杉磯？」鮑伯不敢相信的又問了一次。

「是啊，事情真的很奇怪。那個怪裡怪氣的魔法師，那個贊帕里諾先生……」

「是贊帕尼。」佑斯圖糾正了她。

「沒錯，那人是叫這個名字。他在警探的辦公室裡待了一會兒，等他一走，雷諾斯警探就突然說他得去洛杉磯的警察總部參加一個重要會議。而且就像我剛才說的，他帶了整組警員一起去。事情好像跟頒獎有關。局裡只剩下我一個人。」

「他什麼時候回來呢？」佑斯圖問。

「他沒有說，那件事似乎很重要。很抱歉，我無法幫你們更多的忙，因為我只負責處理文書工作。」

彼得朝桌上那許多具電話望了一眼，問道：「有可能用手機聯絡上他嗎？」

「可惜沒辦法。我已經試過了。說也奇怪，所有同事的手機全都關機了。我也不明白這究竟是怎麼回事。因為按照規定，至少要有一名警員留在局裡。這件事真的很奇怪。和那個贊帕尼交談之後，雷諾斯警探的眼神變得很迷惘，彷彿他根本不是他自己了。」

聽到這裡，三個問號已經明白了一切。從警察局走出去時，鮑伯握緊了拳頭。「事情很清楚。那傢伙也把雷諾斯警探催眠了。一堆奇怪的事情正在發生。」

這時候太陽高掛在天空，時間是中午，佑斯圖的胃開始咕嚕咕嚕的響。「這個案子一時還不會有進展，我提議我們先去波特先生的店裡買點東西吃。」

波特先生的店就在正對面。老闆向他們打招呼：「哈囉，小朋友，你們看起來很餓的樣子，買一包甜甜圈吧？」

佑斯圖在褲子口袋裡翻了翻，無奈的說：「波特先生，可惜我們不是富翁。彼得，你身上還有錢嗎？鮑伯把他最後一點錢都用來打電話了。」

他們身上全部的錢大概只夠買兩個甜甜圈和一瓶可樂。儘管如此，要付帳的時候，還是少了四十分錢。波特先生搖搖頭說：「唉，小朋友們，我該把哪一樣放回去呢？」

後面忽然有人扔了五十分錢在桌上。「這樣好了，我來替這幾個男孩付帳。」那人是贊帕尼，他不知道從哪裡冒了出來。三個問號嚇得發抖，彼得把裝著甜甜圈的袋子掉在地上。

「謝……謝謝。」佑斯圖結結巴巴的說。

「謝什麼，不過是幾分錢罷了。你們不如把錢省下來，買票來看我的表演。這一次我不會再把你們叫上臺。我希望你們不會怪我開了那個小玩笑。」

鮑伯遲疑了一下，搖搖頭說：「不會、不會。那沒什麼。大家都笑得要命。」

「那就好。那我就不必覺得良心不安了。」

佑斯圖、彼得和鮑伯把他們買的東西和老闆找的十分錢匆匆收好，便離開了那家店。到了外面，他們又壯起膽子，隔著櫥窗往裡面再看了一眼。贊帕尼把好幾罐飲料放在櫃檯上，接著和波特先生說了很久的話。

鮑伯簡直不敢相信自己的眼睛，他輕聲的說：「你們看！贊帕尼用一張面紙付帳。他的催眠術就連在小氣的波特先生身上都能成功。」

趁著那個魔法師還沒有走出商店，三個問號飛奔到他們的腳踏車旁。

彼得問：「現在呢？」

佑斯圖把兩個甜甜圈分成三份，然後說：「我得好好想想。可是空著肚子我沒法思考。」

14 銀行的祕密

吃了幾口甜甜圈之後，佑斯圖又揉捏起下唇。「好，我考慮過了。我們不能眼睜睜看著贊帕尼把岩灘市搞得天翻地覆。我們沒有別的選擇，只好直接去銀行找那個史提芬先生談一談，設法弄清楚那些數字是怎麼回事。走吧，銀行就在前面！」

他們等到銀行的中午休息時間結束。一個年輕小姐打開了銀行的門。當三個問號從她身邊擠過去，她面帶微笑的說：「你們還真急。」

佑斯圖筆直的朝著一個櫃檯走過去，堅定的說：「你好，我們想要找史提芬先生。」

隔著一層厚厚的玻璃，櫃檯人員懷疑的打量著三個問號。「你們想找經理？是為了什麼事呢？」

「是生意上的事。」鮑伯補充。

「原來是生意上的事。我來問問他有沒有空。」接著他拿起電話，似乎跟經理簡短交談了幾句。「好的，他願意見你們。他的辦公室就在那後面，右邊第二扇門。」

三個問號慢慢走近那間辦公室，佑斯圖感覺膝蓋開始發軟。他遲疑的敲了敲門，史提芬先生替他們開了門。

「你們就是那幾個要來跟我談生意的小小企業家嗎？進來吧，請坐！」這位銀行經理體型瘦弱，嘴上留著一撇鬍子。「請問我可以為你們做些什麼呢？」

三個問號不安的在椅子上扭來扭去。最後佑斯圖開口說：「我們想要開一個儲蓄帳戶。」

經理很意外。「哦，一個儲蓄帳戶嗎？真是令人驚訝！我還以為現在的年輕人只懂得花錢。很好、很好。俗話說平時多儲蓄，急時不用愁。不懂得珍惜小錢的人，就賺不了大錢。告訴我，你們打算要存多少呢？」

佑斯圖的臉紅了，然後他鼓起全部的勇氣說：「可是我們想先問一下，錢存在你們的銀行裡可不可靠。」

聽見這個問題，史提芬先生張口結舌了好一會兒，幾秒鐘之後他放聲大笑。「哈哈哈，你們真逗趣。還從來沒有人問過我這個問題。我們的銀行當然可靠，畢竟我們這裡不再是生活蠻荒的西部了。你們就只有這個問題嗎？」

鮑伯接著問：「我們還想知道，是不是可以隨時打電話跟您聯絡，例如打您的手機。當然是為了公事——例如跟錢有關的事。」

經理疑惑的看著鮑伯。「當然。我們隨時準備好替顧客服務。我們會提供目前的利率，或是關於股市行情的資訊。」

鮑伯說：「我懂了。所以這些資訊都跟數字有關，對吧？」

「當然。金錢總是跟數字有關。我有許多顧客每天都會來詢問最新的數據。」

聽見經理的回答，三個問號稍微鬆了一口氣，靠坐在椅子上。

「你們還有什麼問題要問我嗎？」看來經理的耐心快要用光了。

鮑伯搖搖頭。

於是經理說：「好的，那我們就來談一下你們的儲蓄帳戶吧。你們打算存多少錢呢？」

佑斯圖翻翻口袋，掏出僅剩的十分錢放在桌上。這下子那個經理覺得受夠了。他拿起那枚硬幣，又塞回佑斯圖手中。「夠了！你們大概是想惡作劇吧。拿這枚硬幣去買根棒棒糖吧，不要來煩我，讓我好好辦公。真是太過分了！」他生氣的把三個問號推出他的辦公室。

等到佑斯圖、彼得和鮑伯又站在銀行大門前面，他們忍不住放聲大笑。鮑伯笑著說：「不懂得珍惜小錢的人……這句話偏偏從他口中說出來。笑死我了。」

在去牽腳踏車的途中，彼得先喝了一大口可樂，然後說：「現在至少我們勉強可以替那件怪事找到解釋。關於那些數字，說不定贊帕尼並沒有打算做什麼壞事。經理提到的股市行情也許就足以說明一切。誰知道呢？」

佑斯圖對這個說法並不是很滿意。「也許是，也許不是。我們要繼續張大眼睛。」

當他們經過表演會場入口的柵欄，蘿拉朝他們走過來。「哈囉，你們現在清醒了嗎？剛才我還以為你們中暑了呢。怎麼樣，你們想來看我們排練嗎？」

鮑伯訝異的看著她。「可以看嗎？」

「當然可以囉，只要我帶你們一起進去就可以。我和里歐不在乎別人看。『玩火明星』那些人也一樣。只有贊帕尼有點特殊。不過，反正他從來不排練。」

三個問號欣然接受邀請，跟著蘿拉進了柵欄。舞臺上有兩個男子正把燃燒的火把拋向對方。蘿拉向三個問號說明：「他們練這一招已經練了好幾天了。可是不知道為什麼總是練不好。」

這一次也一樣。扔了幾次之後，一支火把就掉在地上，從舞臺上滾落。突然，一個女人破口大罵：「又練不成，你們這兩個笨蛋真是差勁。差勁！差勁！差勁！你們也算是專業表演者嗎？哈！太好笑了。看看我的兒子，他才是個專業表演者，從頭到腳都是。」

三個問號驚訝的四處張望。一個老太太坐在舞臺旁邊的一張輪椅上罵個不停。她戴著一頂大帽子，身上戴滿了珠光寶氣的首飾，揮舞著一支金色手杖。就在這時，贊帕尼跑了過來，試著安撫她。「媽，你別激動！這是另外一個節目，跟我們沒關係。」

「胡說！所有的事情都跟我有關。半吊子！門外漢！」

贊帕尼快步推著輪椅朝出口走去。「走吧，媽，我們去散散步。」

蘿拉搖搖頭。「真是對奇怪的母子，我覺得他們兩個的頭腦有點問題。據說她從前是個非常有名的魔法師，但是詳細的情形我也不太清楚。我很高興再過幾天我們就會跟他們分道揚鑣。好了，現在我們要開始排練了。你們今天晚上還想再來看一次表演嗎？我可以替你們留幾張票。」

三個問號當然不想錯過這場特別的表演，感激的接受了蘿拉的好意。

15 演出失誤

看完排練之後，他們三個就在市區閒逛，一直逛到晚上。他們用最後那十分錢打電話給瑪蒂妲嬸嬸，告訴她他們晚上要去看表演。嬸嬸同意了，也同意打電話通知彼得和鮑伯的爸媽。

等到太陽漸漸西下，三個問號再走回市集廣場。警察局前面一部警車也沒有，看來雷諾斯警探還在洛杉磯。

這天晚上也有大批人潮來觀賞表演，正在入口排隊買票。三個問

號又一次免費進場，這一次他們在後面幾排長凳中挑了一張坐下。

鮑伯笑嘻嘻的說：「這樣比較保險。我可不想再上臺去扮演小豬。」

就跟昨晚一樣，最先登場的是那些玩火的藝人。他們首次表演雙人互擲火把的那個節目，而這一次他們成功了。

接著是由蘿拉和里歐表演騎摩托車走鋼索。觀眾的反應也非常熱烈。

最後上場的是魔法師贊帕尼。佑斯圖向他的兩個朋友眨眨眼睛，豎起了大拇指。

在驚人的出場秀之後，贊帕尼又從黑色大衣底下抽出他的手杖，把杖尖豎立在舞臺上。這一次三個問號知道他把手杖插進了地板上那個小洞。可是當這個魔法師用單腳站立在手杖上，卻什麼事也沒發生。他焦躁不安的環顧四周，扯著嗓門大喊：「扎爾卡達許！」仍然什麼事也沒有發生。

彼得露出笑容，彎身向他的兩個朋友說：「在後臺操縱迷你起重機的人現在大概不知道該怎麼辦。」

觀眾席裡漸漸起了騷動，有人開始偷笑。一個坐在中央的胖子發出噓聲，那是擁有超級滑水道的杜多斯先生。贊帕尼受不了這種侮辱，生氣的高舉雙臂，大聲吼出咒語：「扎爾卡達許！扎爾卡達許！可惡，快升高！」

這時候後臺的那些助手似乎才找出了問題所在，立刻有了回應。贊帕尼像子彈一樣衝向空中，但立刻就又摔到舞臺上。那支手杖折斷了，帷幕被起重機的旋轉臂拉開，露出站在幕後的雷普利和羅德，他們呆呆的望著面前的觀眾，一臉不知所措。三個問號捧腹大笑，差點從長凳上摔下來。觀眾也笑了，可是當贊帕尼氣呼呼的離開舞臺，觀眾又生氣的高喊著：「退錢！退錢！」

幸好這時音樂大聲響起，「玩火明星」的舞者迅速上臺加演了一段節目，最後才讓觀眾滿意的離場。

鮑伯握緊了拳頭。「我們復仇成功。這是他自作自受。」

佑斯圖卻已經想著別的事了。「好，這件事情解決了。但是我們還不能就這樣放走贊帕尼。」

「你這話是什麼意思呢？」彼得問。

佑斯圖回答：「我們得要睜大眼睛。我的直覺告訴我，今天夜裡還會有事發生。我一點也不相信這個贊帕尼。你們還記得他在那通電話裡是怎麼說的嗎？『今天是時候了。』這不是跟銀行業務有關的一般談話。」

彼得又問：「那你有什麼提議？」

佑斯圖說：「我們要在暗中觀察一切，最佳地點就是舞臺下面。我們去那裡守候一陣子，如果沒有事情發生，我們就回家睡覺。」

彼得翻了翻白眼。

「如果你們不去，我就自己去。」佑斯圖又加了一句。

鮑伯和彼得當然不會撇下朋友，所以還是跟著佑斯圖走了。佑斯圖心裡原本也是這麼希望，假如只有他一個人，他也沒那個膽量。

他們等候著適當的時機，在一片騷動之中偷偷鑽進黑色布幔，爬到舞臺底下。從布幔的一道窄縫中，他們可以看見外面發生的事。

廣場上的人群漸漸散去。雷普利和羅德開始收拾垃圾，把一排排長凳擺放整齊。

贊帕尼突然跑過來，氣得七竅生煙。「怎麼會有你們這種白癡！我不是千叮嚀萬囑咐，要你們把所有的裝備檢查再檢查？這是我一生中最失敗的演出。」

他繼續責罵他的兩個手下，整整罵了五分鐘，最後他跳上舞臺，似乎漸漸冷靜下來。「我們明天一早再來檢查舞臺下的機械裝置。反正明天會是比較好的一天。現在上床去睡吧！晚安。」

三個問號很慶幸雷普利和羅德不必鑽到舞臺下面來檢查裝備。這兩個人沉默的把最後幾排長凳擺放整齊，就穿過那扇鐵門離開了。不久之後，所有的探照燈一一熄滅。

教堂鐘樓上的時鐘敲響了十下。

又過了五分鐘，佑斯圖大膽的從舞臺底下爬出來，輕聲的對彼得和鮑伯說：「你們可以出來了，現在很安全。」

16

攀索而上

只剩下皎潔的月光照在廣場上。一隻貓咪躍過噴泉，從鐵絲網底下鑽了出去。

「牠倒好，」彼得看著貓咪有感而發，「能從柵欄下面鑽出去。但願我們不需要在這裡待上一整夜。我敢打賭，今晚根本不會有什麼事情發生。」

可是就在這時候，舞臺後方那扇鐵門打開了。

「你已經賭輸了！」佑斯圖低聲說，「快，我們躲到噴泉後面去。」他們剛好還來得及躲到噴泉的圓形水池後方。

贊帕尼走到舞臺上。他身穿黑色緊身衣，背上綁著一個大背包。他小心的環顧四周，然後走向摩托車特技表演用的鋼索。鋼索的一端牢牢的固定在地上，另一端則直通那棟銀行的屋頂。這個魔法師從背包裡拿出好幾個套圈和彈簧鉤子把自己鉤在鋼索上，再一截一截的把自己往上拉。

三個問號躲在噴泉後面，隔著一段安全的距離看著這一切。鮑伯激動的把頭縮回來，「這太瘋狂了，贊帕尼居然爬上銀行的屋頂。」

佑斯圖點點頭。「而他絕對不是要在屋頂上跟史提芬先生見面。

事情很清楚，贊帕尼要去偷銀行。」

彼得也忍不住說話了，「這才說得通！所以他才需要那些數字。銀行的錢可不會隨便收著。」

他們異口同聲的說：「保險金庫。」

彼得繼續說：「贊帕尼透過電話誘使銀行經理說出進入保險金庫的密碼。這只有使用催眠術才辦得到。現在我也明白了，他為什麼這麼期待明天。他想帶著偷來的錢溜之大吉。」

「可是贊帕尼要怎麼從屋頂進到銀行裡呢？」鮑伯問。

對於這個問題，彼得也有答案。「贊帕尼很懂得運用工具，這一點從他的表演就能看得出來。要爬進銀行並且關掉警報器，對他來說應該是輕而易舉。他的背包裡一定裝著許多特殊工具。」

這時候那個魔法師已經從屋頂上消失了。一陣輕脆的碎裂聲傳來，之後就一片寂靜。

三個問號蹲在噴泉後面等了十五分鐘。

佑斯圖突然指著銀行的屋頂。贊帕尼的背包正順著鋼索滑下來，接著贊帕尼自己也想攀著鋼索下來，卻被一個女子的叫聲給阻攔了。

那女子喊道：「咪咪，回來！我的小貓咪，你在哪裡？」贊帕尼謹慎的縮了回去，一時之間不見蹤影。

佑斯圖握緊拳頭。「我們的機會來了。背包裡一定是他偷來的錢。走，我們趕快去拿了那個背包就走！」

彼得不敢相信他朋友的提議。「等一下！我們沒辦法離開這裡！你有什麼計畫嗎？」

「有！」佑斯圖已經一邊說一邊跑出去。他拿起那個背包，鑽進了舞臺後面的黑色帷幕。

鮑伯起初看都不敢看。「媽呀，佑佑神智不清了。」

舞臺後面突然傳出引擎發動的聲音，彼得急得扯自己的頭髮。「糟了！現在佑佑完全瘋了。」

從這時起，事情發生得很快。佑斯圖把蘿拉那部四輪摩托車騎到舞臺上，同時贊帕尼又出現在屋頂上。當他看見佑斯圖肩上背著那個背包時，他顯然什麼都顧不了了。「嘿！你在做什麼？立刻停下來！」

佑斯圖根本不聽。他小心的騎下舞臺的臺階，然後突然從車上跳下來，同時用力轉動把手上的油門裝置，那部摩托車快速衝向入口，砰一聲撞開了上鎖的鐵門。

彼得和鮑伯站在噴泉旁，臉色發白的看著這一幕。

佑斯圖很快的恢復鎮靜，喊道：「你們還站在那裡做什麼？快！贊帕尼要攀著鋼索下來了。我們得快點離開這裡。那輛四輪摩托車不能騎了，我們快去牽腳踏車！」

鮑伯和彼得驚慌的朝佑斯圖跑過去。

當三個問號騎上腳踏車，他們朝四周看了最後一眼，耳邊響起那個魔法師發動吉普車的聲音。

「快點！」佑斯圖喘著氣說，「以贊帕尼的個性，他會直接開著吉普車衝破鐵絲網來追我們。」

「我們要往哪裡去？」彼得聲音沙啞的說，「我們不能回舊貨回收場，他知道你住在那裡。」

佑斯圖打開他腳踏車上新裝的探照燈。「你說得對。那我們就帶著這個背包躲到咖啡壺去。」

「咖啡壺」是這三個小偵探的祕密基地。要去那裡得先沿著濱海公路騎上十五分鐘，再轉進一條小路。他們選擇了一條隱密的小徑，免得被贊帕尼發現。

他們騎得汗流浹背，總算抵達了他們的祕密基地。那是座舊水塔，從前用來替蒸汽火車頭加水。如今水塔已經空了，被棄置在雜亂的樹林和灌木叢中，三個問號就把它拿來當成他們的偵探總部。

三個問號小心的順著鐵條做成的梯子，從水塔下面爬了進去。裡面有足夠的空間，可以容得下三個人、幾箱漫畫，還有偵探工作所需要的各種工具。

「媽呀，還好我們沒有被贊帕尼逮到。」鮑伯氣喘吁吁的說，「佑佑，你騎四輪摩托車的那一招可以去特技小組表演了。我根本不知道你會騎摩托車呢。」

佑斯圖擦掉額頭上的汗水。「我曾經和提圖斯叔叔一起組裝過好幾部摩托車。瑪蒂妲嬸嬸不在家的時候，叔叔會讓我騎摩托車在回收場上繞幾圈。」

接著，佑斯圖用顫抖的手指打開那個背包。如他們所料，背包裡面裝滿一疊疊嶄新的紙鈔。

「哇！」彼得忍不住喊了出來。「我從來沒見過這麼多錢。」

鮑伯拿出一疊鈔票，「你們看！全都是一百美元的大鈔。你們知道現在我們該把這些錢怎麼辦嗎？」

彼得驚慌的看著他。「你該不會是想留下這些錢吧？」

鮑伯說：「不是，為了保險起見，我們把這些錢掉包，也就是把鈔票藏在『咖啡壺』裡，再把舊漫畫塞進背包。」

「好主意。」佑斯圖說，「誰知道我們還會碰上什麼事。」

彼得拉長了臉說：「今天我什麼事也不想再碰到了。我受夠了。不過，有一件事可以確定，那就是如果我們把這一切寫下來拿去報社投稿，這會是本世紀最精采的報導。」

17

戲法用盡

過了一會兒，他們壯起膽子走出「咖啡壺」。他們的目的地是陡峭海岸邊那座停車場上的電話亭。佑斯圖騎在最前面。「快點，我們得打電話報警。否則贊帕尼就會溜得再也不見蹤影。岩灘市的警察局雖然沒人，但是如果撥打緊急電話，對方就會替我們轉接到其他的警察局。」為了小心起見，他關掉了腳踏車上的探照燈。

那座停車場距離「咖啡壺」只有兩公里。當他們抵達那裡，皎潔

的月光照亮了超級滑水道。彼得把腳踏車停好，背著那個背包跑向電話亭。幸好打緊急電話不需要投幣。可是當他正想拿起話筒，一道刺眼的光線籠罩了他。一部吉普車的車門打開，一個人從車上走下來。是贊帕尼。

他用幾乎稱得上是友善的語氣說：「哈囉，小朋友們，我們又見面了。我猜到你們遲早會出現在這裡，因為這附近就只有這一座電話亭。不過，我不想多說廢話了，把背包給我！」

三個問號嚇得動彈不得。

「我說了，把背包給我！而且動作要快！瘦竹竿，你沒有聽見我說的話嗎？注意聽我的聲音！」

他指的是彼得。彼得害怕的抓抓耳朵，頭慢慢歪向一邊。

「很好，一直注意聽我的聲音！現在我數到三，然後你就會把背包交給我。一、二、三！」

彼得面無表情的卸下背包，扔給了贊帕尼。

贊帕尼說：「你做得很好。現在你要一動也不動的站著，就像一根冰柱。明白了嗎？這樣你就跑不掉了。」彼得表情呆滯的看著他，沒有移動。

贊帕尼得意的接過背包打開來查看。當他看見那些漫畫，他一時無法明白這是怎麼回事，踉踉蹌蹌的向後退了幾步，不得不倚靠著他的吉普車，免得跌倒。

就在這一刻，彼得轉身就朝陡峭海岸的方向跑。他邊跑邊大喊：

「快，我們到超級滑水道去！」

佑斯圖和鮑伯不假思索的跟在他後面。這時贊帕尼也已經恢復了冷靜。「嘿，瘦竹竿！聽我的聲音！可惡，停下來！」可是彼得仍然繼續往前跑。

三個問號用力一跳，鑽進了超級滑水道的管子。贊帕尼緊跟在後，也鑽進了那道巨大的滑梯。白天管子裡有水流過，讓這具水上溜滑梯裡滑溜溜的；現在沒水了，也就無法溜下去。三個問號只好盡快往下爬。

「彼得，」鮑伯喘著氣問，「為什麼他無法把你催眠？」

彼得似乎沒有聽懂，問了聲：「嗄？」

於是佑斯圖用喊的：「鮑伯問你，為什麼贊帕尼沒能催眠你！」

現在彼得聽懂了，笑嘻嘻的從耳朵裡取出兩個用面紙做成的小球。「喏，用了這一招，他的催眠術就不管用了。如果你聽不見，他就沒辦法催眠你。」

然而，此刻他們有別的事要擔心。他們身後傳來咚咚咚的聲音，贊帕尼愈來愈靠近了。

三個問號總算抵達了位在海邊的出口。可是出口被一個圓形鐵柵給擋住了，看來是為了避免小動物在夜裡爬進管子裡。彼得嚇壞了，用力搖動那些鐵條。「噢，不！我們被困住了！」

幸好那個鐵柵可以打開，三個問號滑進了平靜的海水中。鮑伯趕快跑到海邊，回來時帶著一根粗木棍，是他在岸邊的漂流物中找到的。接著他把出口前的鐵柵關上，再把那根木棍插進去卡住。「贊帕尼一時打不開的。現在他就像隻被關在籠中的老鼠。」

時間恰到好處，因為那個魔法師此刻也抵達了出口，正生氣的用身體去撞那個鐵柵。「打開！立刻打開！聽我的聲音！」

可是海浪拍岸的聲音太大，三個問號早就什麼也聽不見了。他們用最快的速度沿著階梯跑回停車場。

「贊帕尼可以再沿著沒水的滑梯爬上來，」彼得氣喘吁吁的說，「上面的入口並沒有鐵柵。」

彼得的擔憂是有道理的，因為他們才爬到上面的停車場，就又聽見那個魔法師的咆哮。三個問號焦急的思索，要怎麼樣才能阻止這個大盜。佑斯圖的目光突然落在滑梯入口旁邊的一個小箱子上。「說不定這是我們的救星。一定有個開關可以把水打開。」

他們合力打開那個小箱子，看見許多操縱桿和開關。彼得著急的問：「我們該動哪一個呢？贊帕尼馬上就要爬上來了。」

「我們把所有的開關和操縱桿都壓下去，總會發生效果的。」鮑伯不假思索的動手。

結果發生的效果還真不少。數不清的燈光一盞接一盞的亮了起來，音樂大聲響起，一道水柱從滑梯上向下奔馳。那個魔法師目光炯炯的眼睛已經出現在三個問號面前，但下一瞬間，他就被水柱沖下滑梯，重重的撞上出口處的鐵柵。

三個問號擊掌歡呼。佑斯圖得意的說：「我們破案了。」

然而他們沒有高興太久。一個熟悉的聲音突然在他們身後響起，沙啞的說：「事情還沒有結束。」

那人是贊帕尼的母親！她把手臂從吉普車的車窗裡伸出來，彷彿要施行什麼魔法。「看著我！聽著我的聲音！我兒子失敗得很慘，但是我會讓你們見識到魔法的力量。看著我！你們拿不走我應得的錢。鈔票和黃金就是我活著的目的，而我不會讓你們這幾個小壞蛋奪去。現在我數到三，你們就會照我所說的去做！一、二……」

她沒能再往下說，因為就在這一刻，一部警車衝進了停車場，後面還跟著另外兩輛警車。

是剛從洛杉磯回來的雷諾斯警探。「這是什麼有趣的集會？這一天真是奇怪，先是有人編了個藉口，把我們騙到總部去，現在又發生了這種事。我們從馬路上看見這裡燈火通明。有誰可以告訴我這是怎麼回事嗎？」

三個問號花了整整十分鐘，才把故事從頭到尾敘述了一遍。警察立刻採取行動。不久之後，贊帕尼就跟他母親一起被戴上手銬，坐在其中一部警車的後座。雷諾斯警探跟三個小偵探一一握手。「恭喜你們！當初我任命你們為我的特別行動小組還真是做對了。」

佑斯圖最後一次揉捏著他的下唇。「警探，我覺得光是替他們戴上手銬還不夠。等一下，我想我先前發現的某件東西可以派上用場。」他急忙跑到那個小箱子旁，在各式各樣的工具之中找到了一捲結實的膠帶。他帶著這捲膠帶回到警車旁，用膠帶貼住了贊帕尼和他母親的嘴巴。「現在保證他們兩個沒法再做什麼壞事了。」

大家都笑了。魔法師的法力被澈底破解了。

3個問號偵探團——12

魔法師的陰謀

作者｜晤爾伕．布朗克（Ulf Blanck）
繪者｜阿力
譯者｜姬健梅

責任編輯｜呂育修
封面設計｜陳宛昀
行銷企劃｜陳詩茵

發行人｜殷允芃
創辦人兼執行長｜何琦瑜
副總經理｜林彥傑
總監｜林欣靜
版權專員｜何晨瑋、黃微真

出版者｜親子天下股份有限公司
地址｜台北市104建國北路一段96號4樓
電話｜（02）2509-2800　傳真｜（02）2509-2462
網址｜www.parenting.com.tw
讀者服務專線｜（02）2662-0332　週一～週五：09:00~17:30
傳真｜（02）2662-6048　客服信箱｜bill@cw.com.tw
法律顧問｜台英國際商務法律事務所．羅明通律師
製版印刷｜中原造像股份有限公司
總經銷｜大和圖書有限公司　電話：（02）8990-2588

出版日期｜2021年6月第二版第一次印行
2021年6月第二版第二次印行

定價｜300元
書號｜BKKC0048P
ISBN｜978-626-305-016-7（平裝）

國家圖書館出版品預行編目（CIP）資料

3個問號偵探團．12，魔法師的陰謀／晤爾伕．布朗克文；阿力圖；姬健梅譯．-- 第二版．
-- 臺北市：親子天下股份有限公司，2021.06
面；　公分
注音版
譯自：Die drei ??? Im Bann des Zauberers
ISBN 978-626-305-016-7（平裝）
875.596　　110007715